品嘗好書　冠群可期

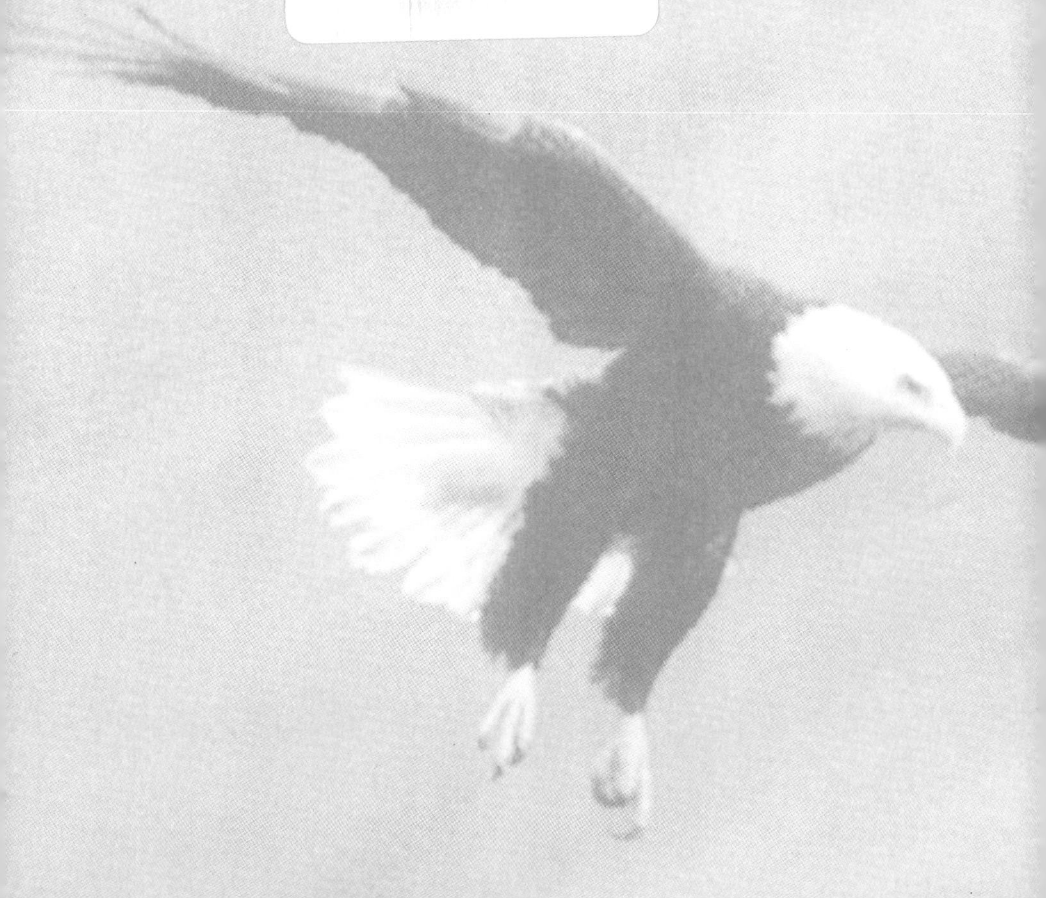

透明怪人

江戶川亂步

品冠文化出版社

目錄

透明怪人

少年偵探⑦

透明怪人

江戸川亂步

蠟像

兩名少年，生來頭一遭感到如此害怕。

在初春的星期天，小學六年級的島田和木下到學校的老師家玩，聽到了很多有趣的事情，到了傍晚才離開老師家。在踏上歸途時，發生了事情。

「咦?奇怪，我從來沒有到過這條街道耶!」

島田一邊說著一邊看看身旁。

「是呀，我也沒有到過這裡。真是個寂靜的街道。」

木下也露出了懷疑的表情，看著這條沒有人煙的大街。

在傍晚微亮的光線當中，兩個人來到了從來沒有見過的街道。雖然有水果店、點心店、牛肉店等，但是不管哪一家店都沒有人，就好像這個世界上沒有人，只有店開在那裡似的，讓他們覺得非常奇怪。

「真奇怪。」一邊這麼想，一邊到處走走看看，看到了一家非常氣派的骨董店。大型的櫥窗中陳列著古老的佛像、美麗的陶器等，這兩名少年在櫥窗前停下了腳步。

「我爸爸很喜歡佛像，他常常帶我到骨董店，每次到了店裡，他一定會站在那裡觀賞佛像。不過我不太喜歡古老的佛像，那讓我覺得很不舒服。」

島田這麼說了之後，木下也說：

「嗯！我也覺得不舒服。像博物館裡的佛像館，那些佛像好像活的一樣，我每次去都心驚膽顫的。不過，聽說那些佛像是國寶耶。」

「你看，那個正中央黑色的佛像，好像是一張印度人的臉。」

「佛像通常都是印度人的臉，因為佛教來自印度嘛！」

兩個人一邊說著，一邊繞到櫥窗的側面。因為如果不從側面看，就

看不清楚佛像。

他們突然發現，在自己佇足凝望的櫥窗正面，站著一個穿西服的紳士。他戴著軟帽，豎起衣領，衣領遮住了下巴，一直盯著一個佛像看。那是一尊用黑金屬打造、高十五公分的小佛像，陳列在櫥窗正中央華麗的台子上，看起來似乎非常珍貴。

木下看著這個紳士的臉，突然嚇了一跳，趕緊用手肘推了推島田。

島田嚇了一跳，他看到木下兩個眼珠子就好像要迸出來似的，而木下的眼睛，正瞧著在玻璃窗對面的紳士的臉。

島田也看了一下紳士的臉，結果他和木下一樣，眼珠子都快要迸出來了。

到底是什麼事情，讓這兩個少年如此驚訝?原來這張紳士的臉不是人的臉。

兩名少年一開始以為這個紳士戴了面具。可是，如果是面具，應該會用繩線勾住兩方的耳朵，但是，仔細一看，並沒有這樣的繩線。

根本沒有面具，也沒有看到真正的臉。如果有面具，那就應該是從頭罩在臉上了。

紳士的臉和西服店櫥窗裡西方人的人體模特兒一模一樣。那個人體模特兒不是用蠟做成的，而這個紳士的臉看起來則像蠟一樣光滑，而且很白，原來是一個蠟像。

蠟像怎麼可能無緣無故地跑到街道，而且站在櫥窗前呢？

雪白的臉、挺直的鼻子、美麗的唇形，那是一張非常漂亮的西方男子的臉。但是，並不是活的臉。眉毛、眼睛、鼻子、嘴巴，怎麼看都好像蠟像一樣，一動也不動。這個紳士沒有眼珠，兩個眼睛就好像漆黑的空洞一樣。

紳士好像一直凝視著小佛像，完全沒有注意到站在櫥窗側面的兩名少年。

島田和木下想要趕快逃離這個可怕的紳士，但是身體卻縮成一團，無法動彈，擔心稍微動一下，蠟像就會朝這裡飛撲過來。

感覺上好像經過了一段很長的時間，但事實上只有五分鐘而已。這個蠟像紳士終於離開了櫥窗前，開始走動。他拄著一根竹杖，就好像機器人似的以僵硬奇怪的姿勢走著。

兩名少年對望一眼，似乎是用眼神商量要趕快逃離現場，還是跟蹤這個奇怪的紳士以了解他的真相。

後來還是決定要跟蹤對方。雖然覺得很不舒服，但是，又很想知道事情的真相，因此想要跟蹤他。

兩個人彎腰躡足、縮起身子跟蹤可疑的紳士。

第三名跟蹤者

傍晚的街道沒有人煙，一片寂靜。整個街道陷入一片朦朧的黑暗當中，只一個閃神，蠟像怪紳士卻消失在黑暗中。島田突然覺得自己好像在做夢。

怪紳士在街道拐了幾個彎，少年們跟蹤他來到一個未曾去過的街道。

來到了住宅區，兩側有長長的水泥牆。少年們找不到東西藏身，只好身體貼著牆壁像螃蟹一樣側著走。

怪紳士就在距離三十公尺的前方，慢吞吞地持續走著，每走一步，竹杖就發出QQ的聲音。

他會不會突然回頭看著少年呢？當那空洞的眼睛瞧著少年的時

候，會不會向他們飛撲過來呢？兩個人提心吊膽的。所幸怪紳士並沒有回頭看，就好像脖子無法轉動似的，他像個機器人一樣，一直向前走。

走過了長長的水泥牆，接著來到都是籬笆的街道。雖然藉著籬笆可以藏身，可是這個街道看起來更為荒涼。

這時，又發生了一件奇怪的事情，又出現了一名跟蹤者，就在少年身後二十公尺，有一名紳士跟著他們，可是兩名少年並沒有察覺。

雖然是紳士，但並不是蠟像。蠟像並沒有兩個。這個紳士三十五、六歲，打扮像個新聞記者。

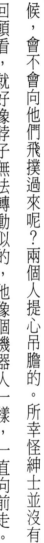

這個人到底是在跟蹤兩名少年，還是在跟蹤兩名少年前方的那個蠟像呢？事情的真相沒人知道，不過他並不像兩名少年那樣膽顫心驚。其證據就是，這個紳士一直面帶微笑的走著。不過那卻是奇怪、令人覺得不舒服的笑容。

終於越過了籬笆，來到廣大的原野。這裡的一面都是石頭，破裂的磚瓦堆積如山，是個非常荒涼的地方。

蠟像怪紳士走在原野裡，天色愈來愈暗了，一不小心，恐怕就會跟丟了怪紳士。

少年又跟近十公尺的距離，好像趴在地面上匐伏前進似的。而那位好像新聞記者的紳士還是面帶笑容，跟在少年的身後。

通過了滿佈石頭和磚瓦的原野，對面聳立著大型鋸齒狀的黑黑建築物。這棟兩層樓或三層樓的磚瓦建築物，已經十分頹圮，用磚瓦圍成的牆有如鋸齒一般，就像是一座鋸子山似的聳立在那裡。

蠟像怪紳士走向頹圮的磚瓦住宅。也許這就是怪紳士的棲息地。

磚牆只有三邊圍成圓狀，剩下的一邊好像是入口，可是已遭破壞。這裡原本應該是一棟大房子。怪紳士從被破壞掉的入口，進入了磚瓦牆中。

少年們看到這種情景，心驚肉跳。二個人雖然很想逃走，但是木下

突然抓住島田的手，輕聲說道：

「去看看。」

聽到木下這麼，島田也不想逃了。鼓起勇氣答道：

「走。」

奇奇怪怪

兩名少年小心謹慎的在佈滿石頭和磚瓦的地面匐伏前進，終於來到怪紳士消失的入口處。

島田在右邊，木下在左邊，兩人縮著身體在磚瓦遭到破壞的地方看著建築物的深處。蠟像就在十公尺遠的磚牆前，面對這邊站在那裡。他開始脫掉大衣、上衣，現在正在脫下白襯衫。

襯衫鈕子一一被排開。等到最下面的鈕子也排開時，白襯衫飄浮在空中，然後掉落在地面。

這時，兩名少年不覺寒毛盡戴，真想大叫一聲，但是，根本叫不出來。就好像石頭一樣，身體僵硬，屏氣凝神的呆立在那裡。

怪紳士是個怪物。不，與其說是怪物，不如說是更可怕的傢伙。

在脫掉的襯衫下是什麼東西呢？是什麼可怕的東西呢？比你們想像的可怕東西都更可怕。到底是什麼呢？那裡空無一物。襯衫下面空無一物。

像怪物般的蠟像的臉還是戴著帽子，但是自臉部以下的，頸部、胸部、肩膀、雙手都沒有，而腰部以下卻還有穿著褲子的兩條腿。他站在那裡，臉和褲子之間什麼也沒有，甚至可以看到後面的磚瓦。如果有身體，當然就看不到後面的磚瓦。

兩名少年不知道到底是怎麼回事，不知道自己是不是在做夢。

接下來又發生了更可怕的事情。

首先，怪物的軟帽被肉眼看不到的手拿下來，離開了頭部，掉落在地面。他的兩條腿還站立在地上，可是好像蠟像般的臉，卻被抬起到七十公分高的上方，在高處忽左忽右搖晃。

接著，就好像頸部突然斷掉似的，整個滾落到地面。也就是說，怪紳士只有腰部以下還留著，上半身什麼都沒有了。

不僅如此，接著好像是用肉眼看不見的手開始脫褲子。先拿掉了皮帶，然後褲子的釦子一一被解開，褲子往下一滑，變得皺巴巴的，完全從腿上脫了下來。而褲子裡面也是空無一物。

只剩下兩隻鞋子留在那裡。鞋子正在移動。肉眼看不見的人的腳，好像還在裡面似的不斷的移動，兩隻鞋子彷彿飄浮在空中，開始跳著奇妙的舞蹈。跳了一會兒之後，兩隻鞋子落到了地面，一動也不動。接著兩隻襪子也被扔到鞋子旁邊。

怪物連襪子都脫掉了。從頭頂到腳趾什麼都沒有，完全都空的，而

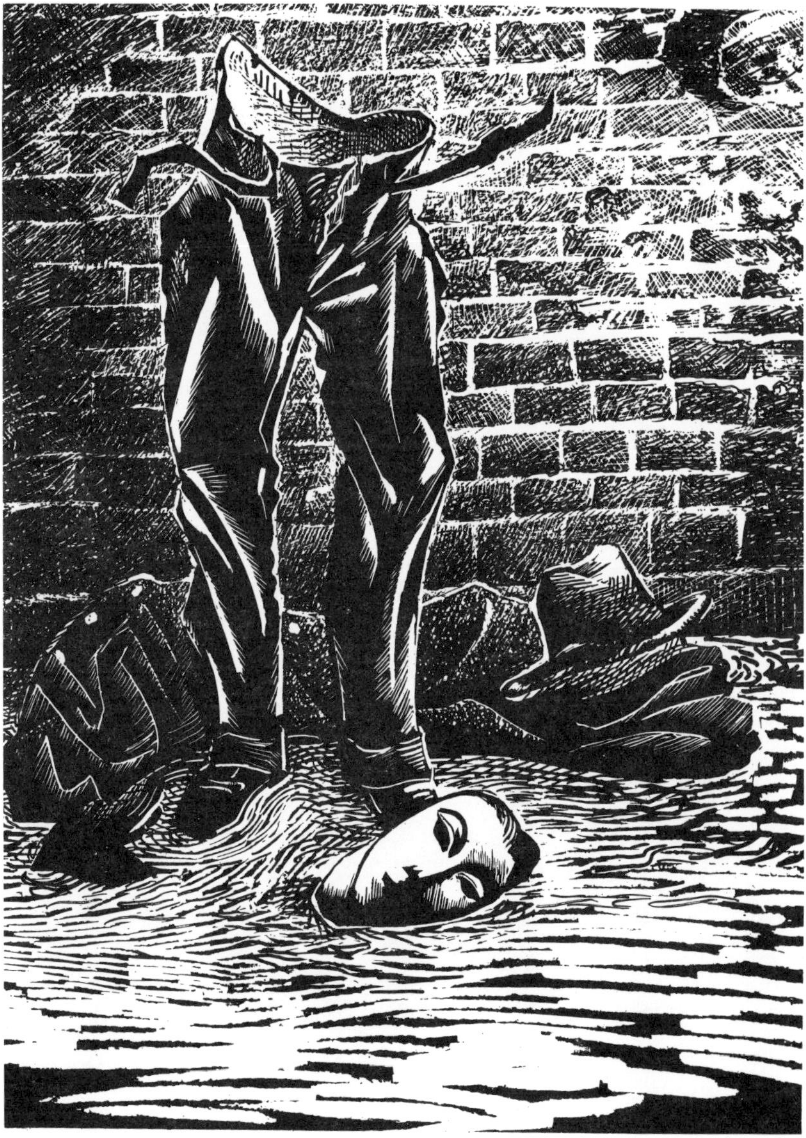

且他消失了。就好像空氣一樣，變成肉眼看不到的東西了。

接著又發生了奇怪的事情。原先散落一地的頸部、帽子、上衣、褲子、襯衫、鞋子、襪子、竹杖等一一的移動，聚集在一起。然後大衣包住了這些東西，也就是所有的東西都被大衣包住了。

這個包袱被拎在空中，沿著後面的磚牆移動到右邊，在牆的盡頭是人無法通過的大洞。包袱就這樣的飄浮在空中，然後消失在洞中。

雖說是消失，但是，突然又從洞中發出「嘰呀」的奇怪叫聲，好像是撞到了什麼東西的叫聲。

不久之後，四周恢復寂靜，一看，從原先的牆洞伸出穿著褲子的雙腿，然後出現一個穿著西服的男子。

少年們看到這個蠟像怪物穿著西服又回來了，不禁嚇了一跳，但是結果並不是怪物，而是先前的第三名跟蹤者，也就是那個好像是新聞記者的紳士。

「嗯！逃走了。那傢伙力量可真大……，但是，已經發現了他的真面目，沒問題了。下次一定會抓到他的。」

紳士自言自語的說著，回頭看著躲在磚瓦陰暗處的兩個少年們，大聲叫喚他們：

「已經不要緊了，你們可以出來了。那傢伙逃走了。」

兩名少年因為驚嚇過度，身體僵硬得像石頭一樣。雖然聽到對方這麼說，但卻依然無法動彈，也沒有辦法發出聲音來。

「哈哈哈……，你們一定很害怕吧！那傢伙不會回來了，拿出勇氣吧！我不是妖怪，我是普通人，我不會吃掉你們的，哈哈哈……」

聽到對方爽朗的笑聲，兩名少年總算平靜下來。他們站起身來，拍掉身上的塵土，戰戰兢兢的走到紳士面前。

「我真佩服你們竟敢跟蹤這個傢伙。事實上我一直跟在你們後面。我也在跟蹤那個傢伙。我想先繞到那個洞的後面去圍堵那個傢伙，把他

抓住，沒想到他居然是個肉眼看不到的怪物，結果讓他逃走了。」

說著，他又格格的笑了起來，就好像古代勇士一樣，是一位豪爽的紳士。

「叔叔，那到底是什麼啊？」

木下已經嚇得臉色蒼白，兩個眼珠驚訝得像是要飛出來似的，問著對方。

「叔叔也不知道，可能是妖怪吧！現在他已經引起整個東京的騷動，是真相不明的怪物。」

「咦！引起整個東京的騷動？」

「你們還不知道嗎？那傢伙出現在東京各處惡作劇。不，不光是惡作劇而已，甚至到處行竊。」

紳士開始訴說起詳情來。

到底是什麼樣的故事呢？

肉眼完全看不到、像空氣一樣的怪物，究竟來自何處呢？他是人嗎？還是我們根本不了解的動物呢？或者是從遙遠的星球飛到地球上來的外星人呢？

空氣男

紳士繼續說道：

「還有更怪的事情，你們可能不知道吧？我是新聞記者，所以非常了解。我是東洋新聞的記者。這陣子我都在跟蹤他，可是他就好像空氣一般的存在，肉眼根本看不見，而且每次都讓他給逃走了。」

「真奇怪，那傢伙就像是空氣一樣，但是他應該是個人吧？」

「是人，而且他是一個大盜。」

新聞記者說著，好像在想什麼似的，看看兩個少年，說道：

「你們住在附近嗎？距離吃晚飯還有一點時間，我們找個地方喝喝茶，我把那個傢伙的事情告訴你們。你們能夠勇敢的跟蹤那個可怕的傢伙，所以有資格聽這件事情。」

少年們當然贊成，於是三人回到原先的街道，走進一間小的咖啡店。新聞記者點了咖啡和蛋糕，讓少年們吃喝一頓之後，開始述說了以下的事情。

我大概是在十天前發現了這個可疑的怪物。當我走在銀座的時候，突然咚的一下，覺得有人撞到我的身體。我站立不穩，大叫著：「喂，走路不長眼睛啊！」可是看看四周，卻沒有看到半個人。的確是有人撞到了我，可是卻沒有看到那個人在哪裡。

接著我又看到後面的一名女子大叫一聲：「哎呀！」好像被什麼東西絆倒似的站立不穩，但是，並沒有看到什麼人站在她的身邊。

我心想「真奇怪」，佇足凝望，發現女人身後的另一名男子也站立不穩，大叫著：「喂，小心點！」但是，卻發現自己沒有撞到任何人，覺得莫名其妙的看看四周。

「啊！真可怕，這到底是怎麼一回事啊？」

被撞的兩個人都臉色蒼白。

「真的有人撞到我，但是，什麼都看不到。真奇怪啊，到底是怎麼一回事？」

年輕男子站在那裡，瞪著眼睛尋視，感到非常疑惑。

接二連三被肉眼看不到的傢伙撞到的人還有很多，大家都呆立在那裡，說道：「真奇怪」、「真奇怪」不知道到底發生了什麼怪事，說完之後就各自離開了。

這時候我突然想起有一本小說叫做『透明人』，那是英國人威爾斯所寫的著名小說。內容是某個學者發明了使人的身體變得透明的藥物，

服用這種藥物之後，身體就會完全看不到了。現在撞到我們的，可能就是像這種「透明人」的人吧！想到這裡，我不禁毛骨悚然。

但是「透明人」只是小說，世人不可能真的發明了這麼棒的藥，肉眼看不到的人應該不可能存在於這個世界上。我拂去腦海中怪異的想法，直接回家了。

這件怪事過後的兩、三天，我又遇到很奇怪的事情，讓我不得不認為在東京真的出現了「透明人」。

你們應該知道在有樂町（東京的繁華地區之一，位於銀座附近，JR線有樂町站）的鐵路陸橋下有很多家擦鞋店，而在距離這些擦鞋店較遠的地方有一間孤立的店，這裡有十三、四歲的擦鞋童。有一天傍晚，我站在街角等朋友，因此，看著擦鞋童那個方向。

一些相貌猙獰的不良青年要鞋童為他們擦鞋。可愛的鞋童拚命的擦著鞋，把青年們的鞋子擦得光鮮亮麗。這時一名青年把手放進口袋裡，說道：「沒有零錢，你找我好了。」

於是少年掀開手邊紙盒的盒蓋，開始數著裡面的錢。盒子裡面有一百圓鈔票（相當於現在的兩千圓日幣）、十圓鈔票。

青年斜眼看了一眼這個紙盒，突然伸出手來，把紙盒裡面的錢抓了起來，塞在口袋裡，同時將空的紙盒扔在地上，站起來就要離去。少年哭喪著臉，抓著青年，但是根本無力抵擋這些力量強大的不良青年，結果當然是挨了他們一頓打。

就在這個時候，發生了奇怪的事情。不良青年好像撞到什麼東西似的，站立不穩，大叫了一聲：「啊！」而且面紅耳赤，開始自己在那裡玩著相撲，沒有對手，只是自己一個人在那裡單打獨鬥。

我在想這名青年是不是腦子有問題呢？看他在那裡大叫著：「放手！」「畜生！」自己一個人在那裡不斷的與空氣搏鬥。接著，兩個人、三個人，眾人都站了起來，大家都很驚訝的看著這一幕，並沒有人去制

止青年。

這個青年就好像自己一個人在眾人面前表演了一場相撲比賽似的，最後被扔在地上，平躺了下來。

到底是被誰扔的呢？根本看不到周遭有任何人，就好像被空氣扔在地上似的。原來不良青年是和透明人在搏鬥。

當青年癱下來時，我看到他褲袋好像有東西在移動，結果一大堆錢自己飛出來，飄浮在空中，然後全部又回到了擦鞋童的紙盒裡。而這紙盒也開始移動，移動到嚇得縮成一團的少年的膝上。

這時，我清楚的看到這一切。我看到好像有如煙霧一般的人形在移動。這個如煙霧般的人，從青年的口袋中掏出錢來，然後放入擦鞋少年的紙盒中。當然，把青年扔在地上的也是這個像煙霧般的人。

空氣男——我將這個透明人稱為空氣男。這個空氣男雖然令人震驚，但是他卻做了這件好事，令人感到非常高興。

百萬項鍊

在各處都發生了這類神奇的事件，肉眼看不到的傢伙惡作劇的傳聞不斷的出現，甚至傳到了警察耳中，而且也有很多人向報社投書。但是警察和報社的人都不知道他到底是誰。就好像做夢一般，根本無法掌握線索。

但是，就在昨天晚上，空氣男終於變成了大盜。他偷到了百萬（現在約二千萬圓）項鍊。你們知道銀座的大寶堂吧，那是著名的珠寶店。昨天晚上顧客全都離去，店門也關上之後，他偷偷的打開店中陳列玻璃飾品的華麗玻璃櫃的門，鑽到裡面去。

整個店裡最昂貴的寶石項鍊，就這樣好像被什麼東西抓到似的，從玻璃櫃裡飄了出來，在空中搖搖晃晃的飄盪著。

這時老闆已經到裡面去了，兩名店員為了關門而留在外面，店裡只剩下一名年輕的店員。這個店員看到項鍊在空中飄盪，大叫著：「啊！」呆立在那裡，無法動彈。

店員原先以為項鍊是被肉眼看不到的細線從天花板吊起來，但是仔細觀察之後，發現並沒有任何線從白色的天花板垂掛下來。

項鍊就好像有靈魂似的，自顧自的移動著，他十分害怕，但還是鼓起勇氣來。他走近項鍊，用手去捉它，不過，項鍊就好像魚一樣，一下子就逃走了。

項鍊依然飄浮在空中，慢慢的接近入口處，一下子就飛到店外。店員大喊著追了過去。在店門外的店員也察覺到了這件事情，老闆也從裡面飛奔出來。街上的人全都聚集過來，但是並沒有看到項鍊。百萬寶石自己飛出了店中。

警察得知這件事情之後，官員到達現場調查，但是就好像做夢一樣，根本沒有任何線索可循。這件事情立刻傳遍整個東京，雖然心想應該是空氣男做的事情，但是並沒有掌握任何線索，因此也無計可施。

這件事傳到新聞記者的耳中，雖然來不及印在早報上，但還是在晚報上報導了這件事情。回家之後，看到報紙標題寫著「前所未聞的怪事件　空氣男出現在銀座」。

我在東洋新聞負責這個事件，晚報的報導也是由我寫的。我想要知道空氣男的真相，所以從一大早就到處閒逛，後來就看到那個戴著蠟面具的傢伙。我並沒有想到他就是那個空氣男，但是蠟像出現在街道，身為新聞記者的我，當然也不能坐視不顧。因此，我在比你們更早的時候就已經開始跟蹤他了。

他一直看著骨董店的櫥窗，而且始終瞪著其中某個佛像，一動也不動。此刻我才覺得這傢伙很奇怪，難道在這個蠟面具中是空無一物的嗎？我想，如果這個傢伙是空氣男，那麼這個佛像可就危險了。我擔心

他會脫掉西服變成透明人，把佛像偷走。

因此，在你們離開之後，我就到了骨董店，提醒店家要把那個小的金屬佛像藏好。你們可能還不知道，那個佛像是推古佛，比起百萬項鍊來說，是價值更高的骨董。

但是，我終於可以確認那個傢伙了。以前看起來就像煙霧一樣，今天我卻發現他會脫衣服，也發現他脫掉了蠟像面具，確認裡面是空無一物的。

而且不只我一個人看到，你們兩個人也是證人。三個人六隻眼睛看到了這一切。

這的確是很棒的一篇報導。明天的新聞我將要用一整頁的篇幅來報導這個事件。今天晚上我會請報社的攝影組去拍你們的照片，而且電視新聞將會播報你們勇敢跟蹤他的消息出現。我們三個人可以合力找出空氣男的真實身分。

那麼，我們就在此暫時分手吧！我想你們的家人也一定很擔心你們。不過，我也要拜託你們，如果這個空氣男再次出現，你們一定要好好的跟蹤他，發現他的行蹤之後就要打電話通知我喔！我把我的名片給你們。

百貨公司之怪

新聞記者的名片上印著「東洋新聞社　社會部　黑川勝一」。記者黑川和少年分手時，問了兩人的姓名、地址，並寫在記事本上。

第二天，正如記者黑川所說的，東洋新聞的社會版用很大的篇幅報導了昨天的事情，同時也刊登了島田、木下兩名少年的大幅照片。從跟蹤戴著蠟像面具的人，到他在洋房牆內脫掉面具、衣服而消失為止，甚至連同地圖整件事情都被詳細的報導出來。

這一天，不管在東京的哪個地方，只要是眾人聚集處，都在談論著可怕的空氣男的事情。因為發生了科學無法說明的事情，肉眼完全看不見的透明人竟然躲藏在東京的某處，就好像空氣一樣的傢伙，讓人防不勝防。當眾人聚集在一起談論時，也許空氣男就站在一旁嗤笑著聽他們在討論呢！

全東京的珠寶店不管是玻璃櫥子或櫥窗都上了鎖，美術店或骨董店櫥窗內特別昂貴的東西，也都不知道藏到哪裡去了。

最糟糕的就是銀行。肉眼看不到的傢伙不知道什麼時候會闖進來，而且放在出納櫃台上的鈔票也可能立刻就會被他拿走，價值一百萬的一疊千元大鈔只要一隻手就能夠拿走，而空氣男只要兩手一抓就可以拿走好幾百萬元。

然而自從這個報導出現一週以來，並沒有發生任何事情，大家都認為「也許那是假的」，甚至有人認為「再怎麼厲害，也不可能會出現如空氣般的透明人。東洋新聞的記者還有那兩名少年可能是被騙了，要不然就是為了增加讀者人數而編造這個謊言」。

事實當然不是如此。空氣男又一次的在大家意想不到的地方，突然出現了。

那是星期天的事情。木下少年和媽媽一起到日本橋的百貨公司去。媽媽是去買衣料，而他則是陪媽媽一起去。木下對於衣料一點也不感興趣，於是媽媽就答應他的要求，讓他到書區去看書。

因為一大早就出門，所以當他們到達百貨公司時，大門才剛打開不久。在廣大的店裡客人寥寥可數，兩個人輕鬆的搭乘電梯，在三樓走出電梯到販賣布料的賣場去。

各種顏色的呢絨（質地厚的毛織物）就像瀑布似的掛在陳列台上，就好像舞台一樣，上面還站著穿了各種服裝的男男女女以及兒童等美麗的人體模特兒。這些人體模特兒都是鼻子高挺、眼睛大大的，有如西方

人一樣，但是膚色卻是黃色的，當然還是日本人。

在陳列人體模特兒台子的周圍還有五、六名客人。木下和媽媽看著人體模特兒身上穿的衣服的顏色和樣式，在台子周圍優閒的打轉。

木下少年看著西服，覺得不感興趣，轉而只看人體模特兒的臉。突然發現這些人體模特兒當中有一張臉不一樣。

其他臉的膚色都是日本人的顏色，只有一個男性是白色略帶淡紅色像是西方人的臉。而且和其他人體模特兒不同的就是，他看起來好像是透明的，是用蠟做成的。

木下不禁停下腳來，一直瞪著這個人體模特兒看。他穿著華麗的燕尾服（國際通行的男子大禮服，後下端開如燕尾）。雖然服裝完全不一樣，可是那張臉真的就像是他在骨董店的櫥窗前看到的那個蠟像的臉，簡直就是一模一樣。

木下的兩隻眼睛瞪得大大的，好像都快要迸出來似的。

一名穿著西裝的店員經過木下的身邊。少年不禁抓住那個人的袖子。那個店員停下腳步看著少年，發現他瞪大著眼睛，正在盯著那個人體模特兒一直看。

「叔叔，那個好像西方人的人體模特兒為什麼沒有眼睛？為什麼沒有眼睛而只有黑色的洞呢？」

木下壓低聲說道。店員看著那個人體模特兒，輕聲的叫了起來。因為直到昨天為止，這個沒有眼睛的蠟像並沒有待在這個地方。也就是說，這個百貨公司根本沒有真正的蠟像人體模特兒。

這個店員向站在對面的另一名店員招招手，兩個人在那裡竊竊私語。終於，其中一個店員爬上了好像是舞台一般的台子，打算靠近人體模特兒。但是，店員卻一步也踏不出去，就好像自己變成了人體模特兒似的呆立在那裡。因為穿著燕尾服的人體模特兒開始移動了。

聽到了「啊」的尖叫聲、「喀咚」的物體碰撞聲，兩個女的人體模特兒發出巨大的聲響倒了下來。蠟像開始跑了起來，撞倒了擋在他面前的人體模特兒。

蠟像以驚人的速度跳下舞台，搖擺著燕尾服的尾端部分，通過木下前面，朝對面跑去。

這時，聚集在那裡的客人「哇」的大叫起來。兩名店員終於回過神來，開始一邊大叫著一邊追趕著人體模特兒。

怪物在通道上時而左轉，時而右轉，以驚人的速度奔跑著。沒有人能夠抓住他，甚至連旁人一看到蠟像的臉就嚇得趕緊逃開了。

怪物不斷的往前跑，身影消失在店員專用的狹窄樓梯間。追趕的店員人數增加到七、八人，嘴巴大聲叫嚷著，也跑下狹窄的樓梯。

怪物從二樓跑到一樓，再跑到地下一樓，快步的跑著，沿著走廊跑到倉庫。那裡有一道門，必須打開門才能夠繼續往前跑，而在他的身後則有一大群店員追趕過來。怪物用力的拉開門，逃到裡面去。

「太棒了，這下子可說是自投羅網了。」

全速飛奔而來、臉色蒼白的店員大叫著。他們跑到門前，「砰」的一聲把門用力關起來，整個人靠在門上，以防門被推開。

「不要緊了。只有這個入口，窗戶都加了鐵窗，就像甕中捉鱉一樣。趕快打電話給警察。」

「好，我這就去打電話。不要讓他給逃走喔。」

一名店員趕緊跑開。剩下的人則全都聚集在門前，佈好嚴密的封鎖陣線。

戴著蠟像面具的怪物，跑進了一個沒有出口的房間，即使他是空氣男，也不可能從鐵窗的縫隙逃走。因為他不是幽靈。雖然肉眼看不到，但是他卻有身體。

旋風

不久之後，那名店員帶著三名穿著西裝的刑警跑了回來。因為這個時候刑警正好在百貨公司附近巡邏。

三名刑警在店員的簇擁之下走近唯一入口的門。他們擺好姿勢，「啪」的打開了門。

這時，房間裡發生了可怕的事情。

雖說是倉庫，但是東西卻所剩無幾，就像是空屋一樣，而且也空無一人。只有角落放著兩、三個大木箱，沒有其他的東西。裡面是灰色的水泥牆、水泥地，光源只有來自又高又小的鐵窗照射進來的光線。偌大的房間像是黃昏時分，光線有點昏暗。

最初映入刑警眼簾的，就是飄在空中的人頭。就好像是人頭被扔在

地上似的，「砰」的一聲掉在地上，在那裡滾動著。

刑警嚇了一跳，仔細一看，那是一個蠟做的人頭。旁邊則是脫下的燕尾服、襯衫、長褲、鞋子等被胡亂地丟在地上。但並沒有看到怪物。他身上的東西全都脫掉了，已經變成透明人，連戴在頭部的蠟像面具也都被扔在地上了。

三名刑警看到這一切之後，一頭鑽進房間裡。雖然肉眼看不到，但應該可以用手摸到。

三個人分別從左、右、中間三個方向伸開大手往前進，整個房間都碰觸過了，可是卻沒有摸到任何東西。因為對方可以清楚的看到自己，所以這一場比賽當然是輸了。怪物可能已經逃走了。

就在這個時候，從門旁邊傳來「哇」的叫聲。他們嚇了一跳，回頭一看，一名年輕的店員跌坐在走廊上。

「是那個傢伙……我被那個傢伙給推倒了。」

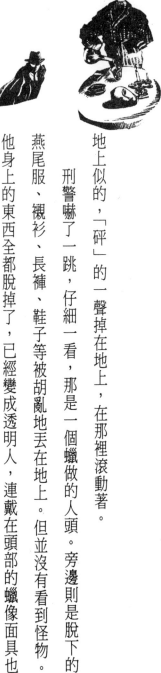

跌坐在地上的人臉色蒼白，用手指著後面的樓梯。怪物推倒這個人而朝樓梯的方向跑走了。

於是眾人趕緊朝那個方向追趕過去，但是，又聽到「哇」的叫聲，另一名男子從微暗的樓梯上滾了下來。肉眼看不到的怪人和這名男子在樓梯上擦肩而過時，把他給推倒了。這名男子是剛從批發店運貨過來的人。

「簡直就像一陣旋風。在我下樓梯的時候，覺得好像有一陣旋風從下方咻的飛了上來，撞上我的胸部。力量非常的大，我連站都站不穩，就這樣的跌了下來。」

運貨的人，事後說明當時的狀況。

這時，透明怪人已經逃得無影無蹤了。他已經爬上樓梯，這樣一來，在擁擠的人群中當然沒有辦法找到他。

在這麼大的百貨公司裡，就算要找個有形體的人都很難，更何況是

肉眼看不到的怪物，根本就不可能找得到。

後來經過調查，百貨公司的珠寶賣場等處並沒有遺失什麼東西。原本透明怪人可能企圖假扮成人體模特兒準備行竊，卻沒想到在得逞之前就被木下發現了。

百貨公司事件就此告一段落，但是，透明怪人還躲在東京的某處，等待下一個獵物。那麼，下一個獵物到底是什麼呢？那真的是令人覺得很不可思議，那是放在最初發現怪人的島田家中的某樣東西。怪人想要的東西，就是在島田身邊的東西。故事即將要進入正題了。

笑影

百貨公司事件發生過後的兩、三天，黃昏時分，島田在自家庭院裡散步。天空有些烏雲，雖然是初春時節，卻是個很熱的日子。

島田的爸爸在戰爭之前是個富翁，現在在某家銀行工作。住的是非常華麗的建築物，庭院廣大，日式房屋之前，還有假山以及種植樹木的森林。

島田在後面的養鳥小屋前趕雞。後來覺得很無趣，就在庭院的樹叢間閒逛。整棟住宅的玻璃門已經上了鎖，所以不可能有人進來。

繞過轉角，來到庭院的草坪，到底是怎麼一回事啊？島田竟然呆立在那裡。原來在草坪上發生了不可思議的事情。

島田很喜歡溜冰，因此有溜冰鞋，不過，有一陣子沒有溜了，溜冰鞋是放在房屋的走廊下。

現在溜冰鞋竟然出現在草坪的正中央。不僅如此，而且溜冰鞋自己在那裡移動，就好像有人穿著溜冰鞋在那裡移動似的。

島田懷疑自己在做夢，但是那並不是夢。他從學校回來以後，一直到剛剛發生的事情全都記得，絕對不可能睡著了。

「啊！對了，難道……」

島田突然覺得毛骨悚然，因為他想起了透明怪人。如果是那個傢伙穿著溜冰鞋，那麼，看起來就會像是這個情況。

草坪不像溜冰場那樣的滑，但溜冰鞋還是距離長廊愈來愈遠，似乎已經到了假山旁，接近樹叢了。

「媽媽！來人哪！快來啊！」

島田終於叫了出來。後來想起來真是難為情。

但是，當時溜冰鞋已經朝著樹叢中鑽了進去。他聽到樹葉摩擦的聲音，就好像有人穿過樹叢，正在其間移動似的。在樹叢後方還有大大小小的樹木，有如森林般的黑暗。

終於，媽媽和傭人聽到島田的叫聲衝了過來。爸爸則在銀行裡，還沒有回來。

家裡當然是引起了一陣大騷動，叫來了鄰居叔叔，也通知警察，搜查了整個庭院，但是並沒有任何發現，只看到溜冰鞋遺落在樹叢中。怪人可能把溜冰鞋脫在那裡，然後從假山後方逃到圍牆外了。

但是，怪人為什麼要穿著溜冰鞋呢？調查之後，並沒有發現有什麼東西被偷。空氣男曾經幫助過擦鞋少年，所以他有時候也會做好事，有時卻會惡作劇。

可是他為什麼要到島田家的庭院，且在並非溜冰場的草坪上穿著溜冰鞋溜冰呢？這應該有什麼理由吧！難道是因為被島田發現了真實身分，而想要讓島田嚐嚐痛苦嗎？

第二天的夜晚，又發生了可怕的事情。

島田自己躺在六個榻榻米大的房間裡，突然聽到奇怪的聲響，在半夜時醒了過來。他的房間面對著後院有一．八公尺高的窗子，用的是毛玻璃，外面則有木頭格子，滑窗子是開著的。庭院遠處的燈光可以照到毛玻璃上。結果他發現有一個模糊的黑影映在毛玻璃上。

那個人好像站在距離窗子不遠處，上半身為正常人的一倍大。不可思議的是，他並沒有穿衣服，可以看到身上的肉。

島田看到的是側臉，蓬鬆的頭髮、眼睛的凹陷處、高高的鼻子以及張開的雙唇等，都是實物的一倍大。這是一個非常模糊的影子，但是形體卻非常的清楚。

島田嚇得不敢呼吸，只覺得自己的心跳加快，甚至沒有辦法發出聲音來。他好像中了魔法似的，一直凝視著這個影子。

「嘿嘿嘿……」

聽到令人毛骨悚然的聲音。影子在笑。大影子的嘴巴大大的打開，似乎快要碰到耳朵了，用低沈的聲音笑著。

島田沒有辦法忍耐了。他打從心底覺得非常憤怒，終於不顧一切鼓起勇氣站了起來。

「是誰？」

他大叫著。同時一個箭步跑到窗邊，拉開玻璃窗。打算和這個男子面對面，等到看到對方時，就要用盡全身的力氣大聲的罵他。

但是，結果又如何呢？拉開窗子一看，沒有任何人在那裡。看看周圍，四周都沒有人影。在拉開玻璃門之前，影子還映在玻璃上，但是在拉開門之後，卻沒有看到任何影子或真正的人。

「一郎，怎麼啦？」

由於先前的聲響以及大叫聲，爸爸被吵醒了。一郎是島田的名字。

「剛剛有個奇怪的傢伙站在那裡，可是我打開門之後，卻沒有看到任何人。爸爸，可能是那個傢伙。」

那個傢伙指的是透明怪人。聽到孩子這麼說，爸爸的臉上顯現出嚴肅的表情。

當然，這次又引起了很大的騷動，整個家裡的人都起來，打開所有房間的燈，同時拿著手電筒和棍棒搜索後院。但是，並沒有發現任何的

人影。由於庭院的泥土是乾的，所以連足跡都沒有留下來。

這又是一件怪事。像空氣一般透明的怪物竟然有影子。後來想一想，那個影子又不像普通的影子一樣是漆黑的，而是半透明的影子。以人類的肉眼雖然看不到怪人，但是，怪人的影子卻無法隱藏，因此，可以看到模糊的形體。

珍珠塔

第二天，島田在學校遇到木下，立刻把昨天的事情告訴他。

「愈來愈奇怪了。那傢伙一定是想要以你們家為目標。」

「他想修理我嗎？」

「不，如果要修理，應該先修理我才對。因為我讓他在百貨公司差點被抓，所以，應該不是這個問題。你們家一定有他想要的東西。」

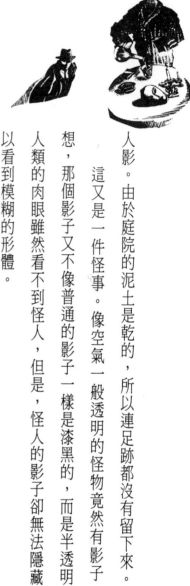

「嗯！對了，我聽爸爸說過，但是，爸爸卻沒有告訴我他到底想要我家的什麼。」

「我想一定是這麼回事。你要不要把這件事情告訴黑川先生？東洋新聞的黑川先生，也許那個人會有什麼好的想法喔！」

「啊！好吧，就這麼辦。」

於是兩個人把事情告訴老師，然後借用學校的電話，告訴記者黑川到目前為止所發生的事情。

「那麼，我就到你家去拜訪一下。今天傍晚在你父親回來的時候我去拜訪他，問他詳情。」

記者黑川確認了到島田家的路之後，掛上電話。

這天晚上，記者黑川按照約定來拜訪島田，當時他的父親正好也回來了，於是趕緊帶他到洋房的客廳。爸爸和一郎輪流說出從前天開始發生的事情。

「嗯！看來影子已經出現了。雖說只是影子，但事實上我也曾經被那個影子修理過呢！」

記者黑川繼續說道：

「兩、三天前，天氣不錯。因為報社的事，我到了港區的住宅區去。那裡兩側都是長長的水泥牆，是個非常寂靜的地方。那時已經是傍晚，夕陽西沉，紅色的夕陽照在右邊的水泥牆上，牆上映著我的影子。

但是我突然發現，不知道從什麼時候開始，影子變成兩個。我覺得很奇怪，看看四周，可是卻沒有看到人。只有我一個人，卻有兩個影子出現。如果是散光，看東西就會有雙重影像，但是我並沒有散光。就算有，也不可能嚴重到這種地步，不可能看成兩個影子啊！

仔細一看，另一個影子，並沒有戴帽子、穿衣服，好像是赤身裸體的，因此當然不是我的影子。而且這個影子和我的影子相比，看起來比較模糊，就好像是在牆壁上嵌上了毛玻璃似的。

我再一次看看四周，還是沒有看到任何人，只有影子。那個影子好像蓋在我的影子上似的跟著我走著。我非常害怕，停下腳步。沒想到那個影子也停下腳步。當我停下來時，他也停下來了。

我不禁大叫道：『誰呀？』這時聽到不知道從哪裡傳來『嘿嘿嘿』的可怕笑聲。那是令人毛骨悚然的笑聲。

我佇立在那裡，結果影子竟然繞到我的正面，變成影子和影子對看。那個影子攤開雙手，抓住我的影子。不，不光是我的影子，甚至我的身體都被肉眼看不見的手給抓住了。

老實說，當時的感覺真的很不舒服，我嚇得跳開，用力的想要掙脫肉眼看不見的傢伙，拚命的逃走。我大約跑了兩百公尺遠，來到人多的街道上，終於只剩下我一個影子。那個肉眼看不到的傢伙，不知道到哪裡去了。

空氣男雖然抓住我，但那只是惡作劇而已，他沒有帶著手槍或短刀

之類的武器。雖然我覺得很不舒服，卻覺得他有點可愛。像島田有時候也會惡作劇吧？」

「說的也是啦，但是不光是這樣而已。」

島田的父親突然低聲說道。

「你有什麼擔心的事嗎？」

「只有一件事。我在戰後失去很多東西，如今我們家的寶物只剩一個，我一直好好的保存著。」

「哦！原來那傢伙真的是覬覦你們家的寶物呀！那到底是什麼東西呢？」

「你應該聽過『珍珠塔』吧？高二十公分的五層寶塔，而且是用珍珠鑲成的寶塔，是用幾百顆上等珍珠做成的。這個珍珠塔曾在大正時代的大博覽會上展出，是由三重縣的珍珠王拿出來陳列的作品，由我去世的父親買回來。當時價值是十萬日幣，現在價值大約是兩千萬日幣（約

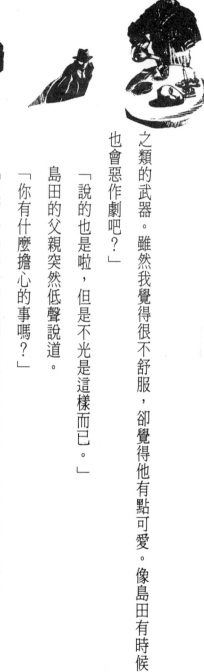

為現在的四億日幣）。那個肉眼看不到的傢伙，從珠寶商那裡偷走了項鍊，而珍珠塔的價值可是那項鍊的幾十倍。那個傢火可能是知道這一點而想要來偷東西吧！」

「珍珠塔放在什麼地方呢？」

「藏在沒有人知道的地方。大家都知道我有珍珠塔，但是到底放在哪裡，只有我和妻子兩人知道，其他人都不知道。一郎也不知道。」

「是放在家裡嗎？」

「是的。因為要借助你的力量，所以我坦白的告訴你吧！事實上我把它藏在防空洞（空襲時用以躲藏的地下的洞）改造而成的地下室金庫裡。」

「防空洞？放在那裡不是太不安全了嗎？」

「不，並非如此。雖然說是防空洞，但卻是用厚厚的水泥打造而成的，是非常堅固的防空洞。在戰時可以從庭院進入防空洞，現在已經把

入口用水泥封住，而且蓋上了土，因此，只有我的西式書房是唯一的入口。

書房的地板成為蓋板，只有我才知道在地毯下面的什麼地方是蓋板。打開蓋板，走入地下，還有一道厚的鐵門，必須要用我的特別鑰匙才能夠打開。進入鐵門之後，下了樓梯，有個四個榻榻米大的水泥房，在正中央擺放著金庫。金庫也有特別的鎖，而且它是密碼鎖，就算有鑰匙，如果不知道密碼也打不開。

當珍珠塔被人覬覦的時候，我也想過把它存放在銀行的保險庫去。放在銀行應該會比較安全。但是，要把它拿到銀行的這段路上，我很擔心。對方是肉眼看不到的傢伙，不能夠掉以輕心，所以，我想還是放在地下室裡比較好。」

「原來如此。的確非常嚴密，應該沒有問題。應該沒有人能夠打開你書房的蓋板。那傢伙雖然肉眼看不到，但並不是幽靈，他有身體。如果入口緊閉，他也就沒有辦法進去。但是，那個傢伙很聰明，不知道會用什麼計謀，所以絕對不可掉以輕心喔！」

說到此處，突然聽到輕微的聲響。記者黑川嚇了一跳，露出可怕的表情，從椅子上站了起來，撲向打開的門。就好像在狙擊獵物的動物似的。但是，當他跑到入口處時，門自己打開，發出極大的聲響，然後又關了起來。

這時記者黑川大叫：「畜生！」就像被別人推擠似的，搖搖晃晃的倒退。然而他的雙手還是往前伸，想要抓住什麼東西。

一看，在他眼前有一張白紙飄然落下。記者黑川在白紙快要落到地上時，用兩手抓住。仔細一看，又說道：「畜生！」回到桌前，在島田父親的面前放下紙張。紙上用鉛筆寫了幾個大字。

你們剛剛說的東西，明天晚上我會來拿。時間定在九點。

黑川先生，謝謝你給了我一個好綽號。

空氣男

地下室

島田少年和父親還有記者黑川看著紙上所寫的可怕句子，臉色蒼白，互相對看。夕陽已經完全西沉，室內一片黑暗。三個人都忘記了要開燈。

「啊！」

突然間，島田少年抓住父親的手臂，好像眼珠子就要迸出來似的，瞪大眼睛望著客廳的一角。父親和記者黑川也驚訝的看著那裡。

島田看的是緊閉的玻璃窗。那是兩邊對開的西式窗子，嵌上了毛玻璃。那毛玻璃上映著一個模糊的人影，側臉比實物大約兩倍，嘴巴張開成新月形。

「嘿嘿嘿……」

令人毛骨悚然的笑聲傳了過來。笑的時候，影子的嘴唇同時動著。那不是普通人的影子，那是透明怪人特有的如幽靈般的影子。

記者黑川非常勇敢，看到的時候，叫了一聲「喂」，而且以飛鳥般的速度撲向窗子，伸手推開玻璃窗。但是，窗外看不到任何人。當然是看不到的。

「嘿嘿嘿……」

只有那傢伙難聽的笑聲從黑暗庭院的某處傳來。終於，笑聲停了，接著四周一片寂靜。突然間聽到嘶啞的聲音從天而降，說道：

「不要忘了，明天晚上九點喔！」

透明怪人終於開口說話了，而且是用令人很不舒服的聲音說話。就

好像外國人在說國語似的，用奇怪的腔調、嘶啞的聲音說著，室內的兩個大人和一個少年就好像中了魔法似的，呆立在那裡一動也不動。

「叔叔，快點，快點，關上窗子！」

島田少年對記者黑川耳語。否則真怕透明怪人又從窗子爬進來，但是，就算他爬進來也沒有人知道。記者黑川心想的確如此，於是趕緊關上了玻璃窗。這時，窗外又有「嘿嘿嘿……」的笑聲傳來，笑聲漸去漸遠，最後終於聽不到了。

「那傢伙已經知道地下室的秘密入口了嗎？」

島田的父親臉色蒼白的說道。

「在你書房的地毯下面有蓋板，你最近有沒有打開過那個蓋板呢？」

黑川記者問道。

「四、五天前，為了確認珍珠塔是否平安無事，曾經到地下室去檢查過。每個月會打開金庫一次確認一下。」

「喔！四、五天前……如果那傢伙跟蹤你到地下室去……」

「咦！你說什麼？」

島田先生嚇了一跳，看著記者黑川。因為是肉眼看不到的傢伙，所以這也不是不可能的事情。甚至並不是「明天晚上九點」，也許現在珍珠塔就已經被盜走了。島田先生突然變得很擔心。

「去檢查看看。你也一起來吧，一郎也來。三個人在一起，就算那傢伙想溜進去，恐怕也沒那麼容易。」

「說的也是，還是確認一下比較好。」

於是三個人趕緊到了書房。首先，把門上鎖，把窗子全都關好、鎖好，這樣透明怪人就進不來了。

也許三個人進入書房時，怪人早已經躲在裡面了。不過還是小心一點較好。

島田先生挪開椅子，抓開鋪在地板上的地毯，將地板拉起來。地板被切割成四方形的蓋板。島田先生將蓋板稍微拉開到只有一個人可以進去的縫隙。

「你們兩個人就從這個縫隙下去吧！我最後才下去，然後把蓋板蓋起來，這樣就算那個傢伙在旁邊也沒關係，因為他一定要先碰到我們才能夠進去。」

三個人按照他所說的方式進入地板下。蓋板蓋起來以後，四周一片黑暗。島田先生按下了安裝在地板下的開關，啪的一聲，燈亮了起來。仔細一看，這是被水泥牆圍繞起來的地方，空間約一公尺見方大小，像個箱子一樣。腳下是水泥地，一邊的角落裡有六十公分見方的鐵板，那是進入地下室的入口。

這個像箱子一樣的地方，三個人進來都嫌擠了，如果不縮著脖子，恐怕頭會碰到頂上，空間非常狹窄。

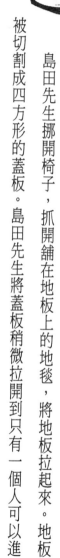

島田先生從裡面鎖好天花板的蓋板。

「怎麼樣，這樣就沒問題了。這裡已經被我們擠滿了，透明怪人根本沒有辦法再擠進來。接著就要打開腳下的鐵門。」

島田先生很得意的說道。打開鐵門，三個人進去之後，又從裡面把鐵門上鎖了。

終於到了只能通過一個人的狹窄水泥梯，總共有六階。下了樓梯，來到金庫前。上下四方都被厚的水泥包圍，是個四個榻榻米大的地下室，天花板當然也安裝了電燈。

「來！就是這裡。黑川先生，我們這麼小心謹慎，你想那傢伙還會跟著我們一起進來嗎？」

島田先生從口袋裡掏出金庫的鑰匙說道。

「不，這樣就沒有問題了。透明怪人也有身體，他應該沒有辦法進來的，可以安心了。」

記者黑川，終於面露笑容答道。

島田先生開始轉動金庫的密碼，對準密碼之後，再用鑰匙打開金庫。

「啊！安然無恙，這就是珍珠塔。」

島田先生的臉上露出燦爛的笑容。只見金庫的正中央放著一個細長的玻璃盒，盒裡面有用美麗珍珠鑲成的可愛五層寶塔，正在那裡閃耀著光輝。

「真是太美了，我從來沒有見過這麼美麗的東西。」

記者黑川不禁嘆息的說道。

「那傢伙當然會想要這個東西，但是已經不要緊了。我立刻去通知警察，盡量保護這個寶物。」

「是的，一定要通知警察才行……這樣我才能安心。」

島田先生把金庫上了鎖，再轉動密碼鎖。

接著三個人又回到原先的書房。從地下室出來的時候，和剛才一樣

的小心翼翼，當然也把鐵門完全鎖好了。

晚上九時

在第二天的晚上九點之前，也就是怪人所約定的晚上九點之前，雖然發生了很多事情，但是，一一詳細說明實在是太無聊了，在此只說出大致的情況。

通知警察後的這天晚上，島田家周圍有警察看守。第二天，警政署搜查課的組長中村來拜訪島田家，和島田先生談完話之後就回去了。黃昏時，中村組長帶著三名刑警，再次回來。一名刑警負責在書房守候，另外兩名則負責在住家周圍巡邏，組長則待在地下室的金庫前。

終於輪到少年偵探團展開活動了。

少年探偵團員接到島田在校朋友的通知，知道透明怪人要攻擊島田家，於是把這個消息告訴小林團長。小林團長就是名偵探明智小五郎的著名的少年助手。

以小林少年為團長的少年偵探團，在『少年偵探團』和『妖怪博士』等書中都出現過，相信各位讀者對他們都不陌生。

小林團長聽到這樣事情，見到了島田和木下，大家商量之後，挑選出住在島田家附近的五名團員。小林少年帶著這五名團員，負責偵查透明怪人。

所謂偵查應該怎麼做呢？因為是肉眼看不到的怪物，所以不可能只是站在那裡等他出現。於是小林團長想到一個妙計。他和五名團員都拿著手電筒，只要天一黑，就兩人一組，一共分為三組，在島田家周圍及庭院裡用手電筒照著，到處巡邏。

為什麼要這麼做呢？因為透明怪人雖然用肉眼看不到，可是卻有影子。用手電筒各處照著，如果出現奇怪的影子，那麼，就證明那裡有怪

人。一旦推測可能就是那個影子的時候，就趕緊飛撲過去。

小林把這件事情告訴中村組長，組長也很佩服，同時建議自己部屬的警察們也採取同樣的作法。

於是在島田家的四周，一到晚上就有手電筒的光在四處照著，就像螢火蟲四處飛舞似的，形成非常美麗而不可思議的的光景。

再看看地下室。時間是八點五十分，金庫周圍放了四張椅子，在一個小時之前，島田、島田的父親、記者黑川及中村組長四個人就坐在那裡，眼睛一眨也不眨的盯著金庫的門。

四個人到這個地方時，和前一天晚上一樣的小心謹慎，不讓怪人有機會鑽進來，因此，怪人不可能在這個地下室。此外，入口的兩道門都從裡面上了鎖，怪人也不可能跟著進來。

「我從來沒有遇到過那個傢伙，看到你們這麼害怕，我真的無法了解。不過，戒備這麼森嚴應該沒問題了。到了九點，就知道他只是隨便嚇唬人的。」

穿著西裝的中村組長，一邊說著一邊從口袋裡掏出香菸來。記者黑川接著說道：

「不，那傢伙就像妖魔一樣，絕對不能掉以輕心。說不定他現在就在我們面前，突然打開金庫的門。」

「哈哈哈……那也沒問題。小林有很棒的想法。那傢伙有影子，只要抓影子就可以了。這地下室有電燈，如果那傢伙進來了，應該會映照出他的影子來。」

「但是，組長，那傢伙有時候也沒有影子。記得他幫助那個擦鞋少年的時候，我也在場，和不良青年打鬥的時候，並沒有看到他的影子，地面只有不良青年一個人在那裡掙扎的影子而已。我想那傢伙可能是為了讓人害怕，才故意施魔法露出影子來。」

「哈哈哈……黑川，看來你好像很尊敬那個傢伙嘛！」

中村組長說著笑了起來，但是笑聲還沒結束，就突然聽到奇怪的叩咚聲。

四個人嚇了一跳，互相對看。室內暫時恢復了平靜，但是，這時島田少年看著爸爸的手錶，不禁叫道：

「爸爸，再一分鐘就是九點了。」

組長和記者都各自看著自己的錶，的確再過一分鐘就九點了。三個人事先已經用收音機對過時間。

大家都沒有開口。組長面露嚴肅的表情。四周非常安靜，甚至可以聽到三隻手錶的秒針在移動的聲音。十秒、二十秒，九點即將要到了。八隻眼睛都盯著金庫的門看。

島田少年看著金庫的門的時候，突然覺得好像有一個模糊的人形站在金庫旁似的。

他心想：「真奇怪。」再重新看一次的時候，就什麼都看不到了。

大概是自己心理作祟吧！

但是……這時不知道從哪裡又傳來了叩咚的聲音，盯著金庫瞧的四個人臉色蒼白。島田「哇」的大叫，想要跑開，但又拚命壓抑住自己站不穩的腳步，覺得心臟快要跳出來似的，有一種很不舒服的感覺。

「哇哈哈哈……」

突然間，整個房間傳遍笑聲。中村組長從椅子站了起來，在那裡笑著。

「各位，已經過了九點，已經九點二十秒了，已經快過一分鐘了。瞧，現在九點一分了，怎麼樣？黑川，你覺得怎麼樣呢？那傢伙並沒有按照約定前來，金庫安然無恙，那個破紙條只是嚇唬你們的而已。」

組長很輕鬆的說著。

「請等等。我們聽到了兩次奇怪的聲音，那到底是什麼聲音呢？島田先生，為了謹慎起見，還是檢查一下金庫吧。」

不需要記者黑川的提醒，島田的父親已經站起來走近金庫，轉動密碼鎖，用鑰匙打開了門。

打開後往裡面一看，島田先生「啊」的叫了一聲，呆立在那裡。

「怎麼回事？」

組長和記者連忙走到他的身邊。

「啊！珍珠塔不見了。」

島田少年抓著父親大叫著。金庫中只剩下一個裡面空無一物的玻璃盒。

「嘿嘿嘿……」

這時又聽到那個難聽的笑聲，而且是在地下室中傳來的。那傢伙就在某處。

四個人看了看四周，並沒有發現任何的人影。

「我知道了。那傢伙在先前島田先生打開金庫的時候，趁機把手伸到裡面偷走了珍珠塔。我看到白色的人形。」

記者黑川大叫著。但是，就算看不到怪人，被偷走的珍珠塔也應該會在房間裡面飄盪才對，可是仔細一看，卻沒有像珍珠塔的東西。不管是在椅子下面、金庫後面或空中，都沒有看到什麼珍珠塔。

三個大人互相交換眼神，攤開雙手，在整個房間裡四處伸展，想到找出肉眼看不到的傢伙，可是卻沒有摸到任何東西。

中村組長跑上水泥梯，在入口的鐵門下豎耳傾聽。這時，又聽到那個難聽的笑聲。

「咦？在鐵門外，那傢伙就在外面。」

那傢伙的聲音從外面傳來。先前的確只有在室內聽到笑聲，現在似乎是隔著上鎖的鐵門聽到的。難道透明怪人就像煙霧或幽靈一樣，連身體都能自由自在的變幻嗎？

「知道嗎？約定的事情我一定會辦到的……」

他們聽到了輕微的聲音傳來。透明怪人在鐵門外說了這番話。

不久之後，四個人走出地下室。這時，小林少年氣喘咻咻的跑了過來，做出了以下的報告。

「我們抓到了一個可疑的傢伙。在籬笆牆外有個像流浪漢的可疑人物蹲在那裡發抖。我問他在幹嘛，他說出了可怕的事情。我不知道是實話還是謊言，但是那個人抖個不停，似乎看到了什麼可怕的東西。要把他帶到這裡來嗎？」

組長聽到這段話，立刻答說把他帶過來。少年偵探團到底抓到了誰呢？而那個流浪漢又到底看到了什麼可怕的事情呢？

撿頭紳士

按照中村組長的指示，小林立刻折返，由兩名少年團員抓住年輕流浪漢的雙手，把他帶到組長的面前。

流浪漢大約二十四、五歲，看起來非常骯髒。穿著卡其色的髒衣服，手上拿著皺巴巴的舊軟帽，沒穿鞋子，赤著的腳沾滿了泥土。頭髮長而蓬鬆，臉頰黝黑削瘦，只有眼睛炯炯有神。

中村組長讓這名男子坐在椅子上，詳細詢問他所看到的事情。這個年輕流浪漢戰戰兢兢的說出了以下可怕的事情。

這天晚上，這個流浪漢青年在各街道徘徊，來到島田家籬笆外。時間正好是透明怪人從地下室偷走「珍珠塔」之後的事情。青年發現到籬笆內黑暗的庭院中好像有東西在移動。

於是停下腳步，透過籬笆的縫隙看裡面的情況。

因為先前一直走在黑暗的地方，所以青年的眼睛早就習慣了黑暗。庭院的遠處點著常夜燈，在微微的光線中，他看到了奇怪的景象。

他看到有棵樹下的草叢中散落著奇怪的東西，灰色的大衣、黑色的西服、白色的襯衫和黑色長褲、灰色的軟帽，還有一雙鞋子。光是這些東西還不足為奇，在這些衣物中竟然有一樣可怕的東西滾落其間。那是個蒼白色的圓形物，而且還長了毛。

青年一開始不知道那是什麼東西，仔細一看，這個圓圓的東西有眼睛、鼻子和嘴巴。啊！知道了，原來那是一顆人頭。

青年緊張過度，哇的大叫，想要逃走。人頭掉落在草叢中，不管是誰看到都會嚇一大跳。那就好像目睹殺人現場似的，當然會令人毛骨悚然。

但是，這時打算逃走的青年卻發現到更不可思議的事情，使他不禁停下了腳步。青年好像著了魔似的，視線無法從那顆頭上移開。

的確如此。他看到了有東西在動。並不是頭，而是西褲。黑色的西褲好像被什麼東西拿起來似的，從地面順當地、軟癱癱地往上升。原本綁成一團的西服瞬間挺了起來，就好像有人穿著它，用雙腳站在那裡似的。不僅是站在那裡，而且還開始走動。

青年真的很想大叫，但是，卻又擔心如果發出叫聲，不知道自己會遭遇什麼悲慘的下場，所以忍住不敢出聲。

全身直冒油汗的青年，接著又看到白襯衫飄浮在空中，變成好像有人在穿襯衫時的姿態。之後，白色的襯衫飄盪著，變成人穿了襯衫的樣子。也就是說，就像是有個肉眼看不到的人穿上了褲子、襯衫、外套似的。

流浪漢青年感到非常懷疑，心想自己是不是做了可怕的惡夢，否則怎麼會看到這種怪事呢？

肉眼看不到的傢伙穿上了衣服，穿好了鞋子，戴上手套，變成一個穿西裝的紳士，唯一欠缺的就是一顆頭。

「不知道大家有沒有看到過肩膀以上沒有任何東西的人，也就是沒

有頭的人？我生下來第一次看到這種人，覺得很不可思議。」

青年說著，很害怕的看著中村組長等人。

接著，又發生了更奇怪的事情。

原本在地上的人頭在那裡滾動著，這個無頭的西裝男子彎下腰來，撿起在地上的這個頭，用雙手捧起了蒼白的頭。

「咦！難道掉下來的是這個人的頭嗎？」當青年正在思索時，沒有頭的男子將雙手捧著的頭往上抬，放在自己的肩上。不可思議的是，當頭一黏在肩上時，似乎就牢牢的固定在那裡，不再離開了。原本沒有頭的男子終於有了頭，變成了完完整整的一個人。

青年覺得自己就好像在做夢一樣，蹲在籬笆外，無法動彈。這時，有頭的紳士穿上大衣，戴上軟帽，朝他走了過去。青年根本無法逃走，只是在原地不停的發抖。

但是，怪物似乎沒有察覺到青年的存在。他站在籬笆內側，向瞧瞧四周，發現籬笆有一個破洞，就從那裡走到外面。他再次看看四周，然後就朝著黑暗的街道走去。青年並沒有被他發現。

等到流浪漢青年說完之後，中村組長開口說道：

「你所看到的頭，就是透明怪人著名的蠟像面具。沒有頭就不可能安然無恙的在街道裡走動，因此，只能夠用面具來掩飾一切。」

「這件事情，我已經從孩子們那裡聽說了。我不看報，所以不知道透明怪人的事情。」

青年呆呆的說道。

「那麼，你就一直待在這裡，沒有想到要去追趕怪物嗎？」

記者黑川詢問青年。

「啊！我不知道那個傢伙是個壞蛋，所以……就算我知道，恐怕也沒有去追他的勇氣。我甚至連叫都叫不出來呢！」

「笨蛋，為什麼不叫呢？如果你大叫了，這裡有這麼多的人，那麼你就可以抓到名聞東京的大怪物了。你竟然讓他給逃走了……」

「不，我沒那個勇氣。有人去追他了。」

「咦！什麼？為什麼不早說？是誰？是誰去追他？」

「是孩子。和在這裡抓到我的那些孩子同樣的孩子。」

流浪漢青年盯看著小林和兩名少年團員，氣沖沖的回答。

「當我正蹲在籬笆外的時候，有個小孩用手電筒照著路正走過那裡。他看到我時，問我在做什麼。我嚇得不敢出聲，但是，還可以看到那個抬起頭的穿西裝紳士就在遠處，因此，我的手就指向那個人，然後這個孩子就關上手電筒，自己跟在紳士怪物的身後離去了。」

「太棒了，小林，一定是你們的團員之一。但是，只有一個人，實在令人擔心。可能是因為來不及聯絡，總之先趕去跟蹤他吧！我很擔心那個孩子。小林，那是誰呀？趕快去查查看。」

記者黑川似乎擔心得不得了，從椅子上站了起來。

怪人的巢穴

單獨一個人跟蹤透明怪人的，是少年偵探團的副團長，也就是小林團長的左右手大友少年。他是中學二年級的學生，叫做大友久。

大友在籬笆外看到流浪漢所指的怪人，突然想到那應該就是透明怪人。因為那個人的背影和從大家口中聽到的怪人的服裝一模一樣。

大友是身材矮小的少年，在寂靜的住宅區，不用手電筒，跟蹤起來應該更為輕鬆。走到距離島田家一百公尺黑暗街道的轉角處時，有輛汽車停在那裡，並沒有開車頭燈。

可疑的紳士走近汽車，以「叩、叩、叩叩叩」的奇怪動作敲打汽車外側。聽到暗號之後，門被打開。

他鑽進汽車後座，對駕駛竊竊私語著。

大友少年的身手相當矯健，在體育項目中最拿手的就是木馬（一種器械，體操的用具）和鐵棒，而且非常喜歡冒險，他當然不會放過這個大好機會。現在他變得非常的勇敢，只是身體發抖、心跳加快而已。

大友心中暗叫道：「太棒了！」躡手躡腳的靠近汽車後方，踩在後車輪上，踮起腳尖，一溜煙的就爬上了汽車頂上。動作非常快速，大友就像蜘蛛一樣的趴在車頂上。就在這時，汽車也開走了。

汽車避開派出所，在黑暗的街道上奔馳了三十多分鐘。怪人和駕駛都沒有察覺到在自己的頭頂上有少年偵探團的副團長跟著。每次汽車從街道上轉彎的時候，大友都必須抓緊車子，以免自己被從車頂上甩了下去。

汽車停在東京都內的某個地方，好像是以前的軍營（士兵居住的建築物）。這裡有廣大的草坪，放眼望去沒有任何人家，只看到經歷戰爭

透明怪人

災難被燒的大樹豎立在那兒。空曠地的遠處，是熱鬧的街道，這附近則是一片枯木林。

怪人走下汽車，快步離開的時候，大友擔心跟丟了怪人，因此，從車頂滑到地上。

這時聽到頭頂上發出「喀喀喀……」的聲音。他嚇了一跳，抬頭一看，原來汽車又開走了。怪人的手下駕駛，似乎要把辦完事的車子停到秘密的車庫裡去。汽車就這樣的消失在黑暗的盡頭。

終於跟蹤到最後了。怪人的巢穴就在這片廣大地區的某處。到底在什麼地方呢？大友少年的處境變得愈來愈危險了。

放眼望去，面前是高十公尺的長著草的懸崖。怪人朝著懸崖前進。大友在草上爬行，繼續跟蹤怪人。草原非常廣大，就算怪人回頭也看不到他。只要不發出聲音，就應該沒問題。

怪人接近懸崖正下方。那裡一片黑暗，幾乎看不到他的身影。大友瞪大雙眼，一直盯著黑暗看。

這時只聽到草喀沙喀沙的摩擦聲音，完全看不到怪人的身影。再怎麼仔細看也沒有用，除了懸崖的土和草之外，看不到任何東西。

難道怪人會變魔術嗎？不，不是這樣。原來那裡有一個被草蓋住的大洞，那是好像隧道一樣的洞，怪人走進了隧道中。

大友察覺到這一點，爬到隧道入口，豎耳傾聽裡面的聲響。

他聽到「叩嗦叩嗦」的聲音。怪人走到隧道的深處。後來才知道，原來這是戰時所挖掘的防空洞，是非常荒涼的地方，戰後並沒有人把洞填起來，所以一直都在那裡。

洞穴入口處長滿了草，長久以來都沒有人知道這裡有個洞穴。

大友盡量不讓自己發出聲音，小心謹慎的爬進一片漆黑的洞穴中。往前爬進十公尺，來到路的盡頭，已經無路可走了。

「咦！奇怪，那傢伙到底躲到哪裡去了？」

然而這裡並沒有可以躲藏的地方。這個洞非常的狹窄，如果怪人在裡面，應該會碰到大友的身體。

「難道他又施什麼魔法消失了嗎？」大友覺得很不可思議，待在那裡好一會兒。這時眼前看到微光。直徑四十公分圓形洞穴的對面，竟然是明亮的。

「啊！原來這個小洞對面的地方很大，那裡的燈反射到這裡來了。那傢伙一定是從這個小洞鑽到那裡去的。」

大友終於察覺到那個地方。就算有人鑽進這個小洞，也不會察覺到怪人的巢穴就在深處。這個小洞竟然是個通道，從這個小洞可以通達內部。

「好，鑽到裡面去看看。」

大友下定決心。事實上，大友實在是太得意忘形了，既然已經知道了怪人的巢穴，照理說應該暫時撤退，向小林或中村組長報告才對。這樣就不會遇到可怕的事情了。

但是，這個愛冒險的大友，就好像看到獵物的獵犬一樣，拚命的追逐獵物，根本沒有想到應該要靜靜的離開。

這個洞穴非常的小，要躺下來才能夠爬進去。大友豎耳傾聽，確認洞穴的那邊沒有任何人的時候，才開始慢慢往前爬。他從洞穴探出頭，看看四周。正如他所想的，那是一個非常寬廣的洞穴。

藉著從板子的裂縫照下來的光，可以看到對面洞中的情景。天花板的高度大約可供一個大人站立，寬度約一公尺，就好像是泥土做成的走廊似的地方。

大友爬到那裡去，站了起來，戰戰兢兢的走到木板的裂縫處。

走近一看，的確是塊木板。好像是用木板做成的簡陋的門。從板子裂縫透出來的是紅色晃動的光。對面一定是點燃了蠟燭。

他豎耳傾聽，聽到門的那頭傳來了微微的聲響，好像有人正在來回

走動著。

大友跪在門前，從木板的裂縫偷看裡面的情景。看了之後，全身不由自主的發抖。雖然身體發抖，可是眼睛卻無法移開。就好像變成石頭人似的，有好長的一段時間都保持著這個姿勢，一動也不動。

大友少年的冒險

那是一間狹窄的房間，正面牆上全都掛著黑色的窗簾。窗簾前面擺著曾在醫院看到過的鐵床，白色床單上正有一名男子面對這邊坐在那裡。那是個穿著藍白條紋睡衣的男子。

奇怪的是，這個人並沒有臉。頸部以上什麼也沒有，只是穿著睡衣而已。

終於，睡衣站了起來，走了兩、三步。他腳上穿著拖鞋，但是，沒有手。睡衣袖子的前端什麼也沒有，不過，又好像有手在那裡似的，睡衣的袖子移動了。床邊擺了一張白色的小圓桌，沒有頭卻穿著睡衣的男子走近圓桌。

大友的眼睛就跟著男子身後移到了桌前，看著放在桌上的東西，他嚇了一跳，身體不停的發抖。

在桌上可以看到插在西式燭台上的蠟燭，還有裝了水的燒瓶和杯子，以及菸盒和菸灰缸。就只有這些東西，並沒什麼奇怪的，但是，還有一個很奇怪的東西。這個東西應該不會放在桌上，可是竟然就是擺在那裡。那是一顆人頭，讓人覺得很不舒服的一顆人頭，就放在桌上，面向這一邊。

大友不禁想要逃走，但是，突然發現了一件事情，於是暫時沒有逃走的打算，繼續從縫隙裡偷窺。原來，他發現桌上的頭不是真正的頭，而是一顆蠟像面具。透明怪人穿著睡衣，似乎打算睡覺了。睡覺時戴著

蠟像面具當然有所妨礙，所以才取下來放在桌上。穿著睡衣的男子沒有頭的原因就在於此。並不是沒有頭，只是看不見而已。

這時，沒有頭卻穿著睡衣的男子，拿起了桌上的燒瓶，把水倒在杯子裡。因為沒有戴手套，所以看不到手。隨著睡衣袖子的移動，燒瓶被舉了起來，飄浮在空中，瓶口慢慢的往下傾，水慢慢的倒進杯子裡，看起來就好像變魔術一樣。

接著，裝水的杯子又飄浮在空中，停在睡衣衣領的上方，就好像先前的燒瓶一樣，杯子也飄浮在空中，然後慢慢的傾斜，杯中的水朝著空無一物的空中滑動。

事實上，怪人用手拿著杯子在喝水，但是因為手也是透明的，所以看不到，只看到杯子飄浮在空中。水從杯子裡流出來，並不是往下漏，而是進入了肉眼看不到的怪人的口中。

大友雖然經常聽到透明怪人的故事，但這還是頭一次親眼目睹。因為太過於不可思議了，所以感到非常震驚，懷疑自己是不是在做夢啊！

仔細一看，怪人又拿起桌上的菸，用燭火點菸，開始一口接一口地抽著菸。一根白色的菸捲橫陳在睡衣上方的空中，點燃的一端不時的變紅，每一次變紅的時候，空中就會出現煙霧。怪人從鼻、口吸入煙霧。

大友渾然忘我的看著這個神奇的光景，在黑暗當中，聽到「沙沙」和服摩擦的聲音，覺得好像有人正在自己的身後呼吸。

難道除了這個透明怪人之外，還有其他人住在這個洞中嗎？

大友這麼想著。因為太過於害怕，縮著身子，不敢回頭看。在身後的黑暗當中，到底是什麼人呢？到底是人還是動物？光是聽到喘息聲，就知道一定是活的東西。

大友把手伸向後面摸索著，摸到了柔軟的東西，感覺就好像大衣一樣。

「站在我身後的應該是個人吧？」

大友害怕得停止呼吸，但是，現在已經到了面臨抉擇的時刻了，只能夠回頭了。只能夠回頭看站在背後的那個人的臉了。

大友猛然回頭，抬頭看著站在黑暗當中的高大男子。

怪老人

雖說是在黑暗中，因為透過門的縫隙有燭光洩出來，所以還是可以看到物體。瞇著眼睛，看到站在那裡的是一位老人。

蓬鬆的白頭髮，長到胸部的長白鬍鬚，穿著好像蝙蝠袖子般奇怪的黑外套，戴著玳瑁邊的方形玻璃眼鏡。在黑暗中看不清楚，但是，卻可以看到眼鏡裡面瞇著的一雙眼睛正在微笑著。

怪老人和大友互瞪了片刻，老人的手突然握住大友的一隻手，以溫柔的聲音說道：

「我有話對你說，你到這裡來，不用害怕。」

「不，我要回去了，放開我。」

大友鼓起勇氣，終於說出了這句話。他想要逃走，但是，手卻被老人握著，逃不了了。他是一位力量很大的老人。

「哈哈哈……，你逃不了的。發現這個秘密的人，是不可能再回到人類居住的世界去的，你還是放棄吧！跟我走，我有東西讓你看，我有話要告訴你。」

老人說道。他仍然握住大友的手，迅速地往裡面走去。不管大友再怎麼掙扎，因為老人的力量很大，所以也只能被他拖著走。

聽到「嘰」的聲音，木板門被推開，紅光照了過來。因為那裡點了一支蠟燭。這個小房間裡有桌子、椅子，此外就沒有任何的裝飾品了。牆壁是水泥牆。

「不是這裡，裡面還有秘密房間呢！」

老人握著大友的手，用另一隻按壓牆壁的某處。原來還有秘密的按鈕。這時候，一邊的水泥牆無聲無息的開始移動，露出了人可以通過的縫隙。看起來是牆，事實上卻是厚厚的水泥門。

在老人的拉扯之下，大友進入了縫隙處，然後水泥牆又關起來了。這裡好像是一條漆黑的隧道，在隧道裡走了十公尺遠，老人又按下牆上的按鈕，正面的門一下子就打開了，從裡面透出亮光來。

「看！這是我的研究室。我們在這裡慢慢聊吧！」

大友進入房間時嚇了一跳，目光炯炯看看周圍，做夢都沒有想到，在防空洞的深處，竟然有這麼棒的研究室。

這個房間大約有十五個榻榻米寬，地板、天花板、周圍的牆都是水泥打造的。此外，房間裡擺滿了各種神奇的道具。首先映入眼簾的，就是角落裡那個好像外科手術台似的白色的金屬台。旁邊則有白色的大玻璃櫥櫃，櫃子上放著閃閃發亮的刀子、剪刀等，很多讓人感覺不舒服的外科手術的工具，全都擺在那裡。

另外一邊有一個大台子，上面則雜亂地擺著化學實驗時常使用、有著奇怪形狀的大大小小玻璃瓶。台上的乙炔燈發出藍色的火焰，正燃燒著大的圓形玻璃瓶。玻璃瓶裡裝著紫色的液體，像煮沸似的，正在那裡冒泡呢！

化學實驗台旁邊有大的藥品櫃，陳列了各色藥瓶。此外，還有一些莫名其妙的器械擺滿了整個房間，讓人覺得非常可怕。化學實驗台上有三個西式燭台，上面插了三根大蠟燭。

「你一定很驚訝吧！哈哈哈……在地底竟然有這樣的研究室，你想都沒想到吧？不過，這個地下室並不是我建造的，這是戰爭的時候陸軍建造的防空洞，裡面設置了秘密室。這個房間應該是司令部。這個秘密沒有任何人知道，我只不過是借用這個地方而已……嘿！你坐在這張椅子上吧！」

怪老人說完以後，自己也坐在另一張椅子上。在光亮處，看到老人的臉非常的怪異。

全白的頭髮，長長的白色鬍鬚，高高的鷹勾鼻，在四方形玳瑁眼鏡深處閃閃發亮的眼睛，看起來就好像妖怪博士一樣。

「你是少年偵探團的副團長大友吧？我認識你。趴在汽車頂上跟蹤過來，的確是勇敢的少年。看到你這麼勇敢，我希望你成為我的弟子。哈哈哈……怎麼樣？你很高興吧？」

「叔叔，你是誰啊？我不會成為陌生人的弟子的。」

大友少年已經完全恢復了平靜。

「哈哈哈……我？我是世界第一大科學家，我發明了比原子彈更厲害的東西。我的發明誰都不知道，如果知道的話，整個世界都會引起騷動。嘿！這是非常可怕的發明，也許我會被殺呢！」

怪老人說出一些莫名其妙的話。大友懷疑這個老人是不是瘋了，感覺很不舒服。到底老人有什麼奇怪的大發明呢？

透明人第四號

老人繼續說了一些可怕的話。

「現在震驚世人的透明怪人到底是什麼呢？這個不可思議的人是自然誕生的嗎？不，當然不是。他也不是從其他星球飛來的，那是被製造出來的。是的，就是我把他們製造出來的。」

大友發現，怪老人每次在說話的時候，都會摸摸閃閃發亮的四方形眼鏡以及隨風飄盪的白鬍鬚。

「雖說是製造出來的，但是，我們不可能製造出人。這只是將和你們一樣的人的身體，利用化學變化，把他變成透明、看不見而已。這是藉由我耗費三十年苦心才發明的，能夠產生這種變化的藥品才辦到的。

先前已經推出了試樣品，也就是震驚世人的透明怪人第一號。

你看到的那個穿著睡衣的傢伙，就是從島田家偷走珍珠塔的傢伙。

我已經製造到第三號了，也就是說，我已經製造了三個透明人。但是，送到世間的只有第一號，第二號、第三號還在我的手中，還要加以訓練才行。

這兩個透明人，現在就在這個房間裡，到底在哪裡，連我都不知道。但是，他們的確在這個房間裡。喂！二號在嗎？在的話就回答。」

這時，聽到房間對面傳出「我在」的回答。

「三號在嗎？」

這時，從另一個方向又聽到不同聲音的回答「我在」。

「怎麼樣？大友，的確有兩個人在這裡，但是你完全看不到他們。我這麼說，你可能還不相信我吧！好，那麼我就證明給你看。二號，把實驗台右邊的玻璃瓶放到藥品架上。」

老人的話還沒有說完，實驗台上的玻璃瓶一下子就飄在空中，然後不斷的升高。最後，這個瓶子一直飄到藥品架最上方處，孤單地放在那裡一動也不動了。

這個房間裡的確有肉眼看不到的人。到底為什麼能夠辦到這一點呢？用藥物的力量就能夠自由自在的讓人變得透明、看不到嗎？實在是令人難以置信。但是眼前的確有證據證明了這一切，讓大友不得不信。他覺得自己好像在做夢一樣。

「你相信我說的不是謊話了吧！到目前為止，我已經製造了三個人。但是，三個人還不夠，我打算製造一百個人、一千個人，不，應該說要製造幾萬、幾十萬個透明人，你知道了吧？你知道這是多可怕的事情嗎？

如果有十萬個透明人，那麼，就算與整個世界為敵也不會輸的。他們是肉眼看不到的人，可以進入任何地方，任何秘密都能夠立刻被挖掘

出來。即使對方想要攻擊透明人，也沒有辦法進攻，就算想要抓也抓不到。不只是一個，只要擁有幾十萬個人，就可以和世界上幾億人對抗。這對人類而言的確是很可怕的事情。

我說比原子彈更可怕的大發明就是這個。我的發明能夠改變整個世界，因此就不會再引發戰爭了。不僅如此，我可以讓地球上所有的人都變成肉眼看不到的人，世界的人都會變成透明人，變成另一種人種。」

怪老人眼中閃耀著光芒，似乎散發出金色的光彩。老人對於自己的這項大發明當然非常的得意。大友愈聽愈覺得這個發明十分的可怕，整個身體忍不住的發抖。

老人不再說話，只是看著大友少年。終於，臉上露出奇怪的笑容，說道：

「怎麼樣？大友，想不想成為我的弟子呢？想不想幫助我完成這項大發明呢？」

「你要我怎麼做呢？」

大友戰戰兢兢的問道。

「你只要成為透明人第四號就可以了。」

老人笑嘻嘻說出可怕的話。

「不要，我不要，我不要成為透明人。」

大友臉色蒼白的大叫著。

「哈哈哈……你怕了嗎？一點都不用害怕，只要在這個手術台上躺一晚就可以了。我在一開始會為你注射安眠藥，你什麼都不知道，你會熟睡，等到醒來時，你就變成透明人了。沒有人看得到你，你可以做任何事情，就好像童話中的魔法師一樣。覺得怎麼樣？好像做夢一樣吧？還有比這個更有趣的事情嗎？」

「不要。我的臉和身體都會變得不見了，我不要。爸爸和媽媽會對我感到很失望，而且我也會因此而和朋友們分開。我不想要變成那樣，

我不想成為魔法師。」

雖然大友拚命的大叫，可是老人卻充耳不聞。

「不管你喜不喜歡，你已經是我的俘虜了。就算想要逃走，這個房間也沒有出口，你也不知道怎麼樣打開秘密門，你只能夠服從我的命令。好孩子，就聽我的話吧！乖乖的聽我的話。」

怪老人說完，從椅子站了起來，好像蝙蝠一樣，攤開外套的袖子，撲向大友。一下子就把大友抓住，隨即讓他躺在手術台上，已經沒有辦法再掙扎了。大友被怪老人的鐵腕扣住，身體無法動彈，只好放棄掙扎，閉上眼睛。

他知道左臂被彎起來，但是，眼睛卻不願意張開。再掙扎也沒有用了。終於，大友覺得手臂好像被蚊蟲叮咬似的，原來是注射針注射他的手臂。

「好，這樣就好了。你很快的就會想要睡覺了。」

大友什麼也不想，一動也不動。不久之後，整個身體癱軟，感覺很舒服，真的覺得好睏，彷彿聽到了懷念的搖籃曲似的。不久之後，就深深的熟睡了。

透明少年

不知道經過了多久的時間，大友有如大夢初醒般的自然的醒來。手腳好像被綁住，無法動彈。

原來不是被怪老人的手臂，而是被細麻繩綁住。大友被綁在椅子上，雙手雙腳都被細麻繩綁了起來。

旁邊沒有任何人。這裡只是有一坪大，像個小箱子一樣的地方。他突然發現正面牆壁掛著的東西原來是鏡子。牆上掛了三十公分正方形的鏡子。大友大概花了一分鐘才知道那是一面鏡子，因為鏡子裡映著一個

很奇怪的東西。

他看到鏡中，有個學生服胸部以上的部分面對著自己，但是，學生服衣領之上並沒有脖子。學生服鈕釦的圖案和大友身上穿的一模一樣，所以鏡子裡照的應該就是自己。但是，只有學生服，而脖子以上的部分都消失不見了。

大友嚇得全身發抖，臉色蒼白。根本看不到這張臉，啊！臉已經不見了，身體也不見了。大友變成了透明人，所以在鏡子裡只看到學生服。

各位，如果自己的身體已經完全看不到了，你有什麼樣的感覺呢？感覺自己從這個世界上消失了，但實際上卻還活著。以前的忍者使用忍術，雖然能夠讓自己的身體暫時消失，但還是能夠還原。可是大友已經不可能再擁有原來的身體了，一輩子都是肉眼看不到的人。世界上還有比這個更可怕的事情嗎？

大友這麼想著，有一種難以言喻的悲傷感，真想大叫「媽媽」。他咬著牙忍住不叫出來，可是眼淚卻不住的流下來。雖然知道熱淚流到臉頰上，可是眼睛卻看不到眼淚。鏡子裡並沒有映照出任何東西來。

「喔！你醒啦，覺得怎麼樣？」

回頭一看，旁邊的小門打開了。怪老人戴著四方形眼鏡的臉正看著他。

「你已經成為別人看不到的透明少年了。你現在到底是高興還是悲傷我不知道。是不是很寂寞呢？還是很快樂呢？你已經成為透明怪人了，從今天開始就可以像猿飛佐助（日本戰國時代有名的忍者）一樣，什麼事情都能做，振作點吧！」

怪老人走近大友的身邊，將整個椅子抬起來，把大友帶到小房間外，那是泥土走廊。接著，鬆開綁住他手腳的繩子，扛起大友，不知道要把他帶到哪裡去。

「你還要忍耐一陣子。在你成為真正的空氣男之前，一定要忍耐一

陣子。如果現在逃走，那可就糟糕囉！雖然是透明人，可是還不熟悉自己的身分，如果現在逃走，一定馬上就會被抓走。雖然肉眼看不到，但是還是有身體，一旦被抓到可就糟糕了。因此，你必須在這裡再待一陣子。」

聽到喀鏘的聲音，鐵柵欄的門打開了。前方的地板上擺著燭台，小小的燭光茫然的照著周遭的一切。

老人把大友放在鐵柵欄裡，關上了門，還上了鎖。這就好像關動物園猛獸的鐵牢籠一樣，大友就被關在這裡了。

「你要忍耐一陣子，會給你送食物來的。」

老人長長的白鬍鬚抖動著，無聲無息的笑著。四方形眼鏡在燭火的映照下，閃耀著光芒。手中拿著蠟燭的老人，不知道到哪裡去了。

大友在沒有蠟燭照耀的一片黑暗當中，蜷伏在冰冷的水泥地上，什麼話也說不出來，只是寂寞、悲傷的趴在那裡。

BD徽章

換個話題，來談談小林團長等少年偵探團的少年們。在大友成為洞窟俘虜之夜的第二天，少年們從學校放學回家後，就立刻聚集在島田少年家中。

警察一直找尋失蹤的大友，但是，直到深夜都沒有找到。於是中村搜查組長等人暫時先回到警政署，在署裡成立透明怪人搜查本部，在整個東京都展開大型活動。記者黑川一直守在警政署的記者俱樂部，頻繁的到搜查本部去探詢消息。

但是，少年偵探團的少年們，想到的不是要抓那名透明怪人，而是擔心副團長大友的安危，一定要先找到大友才行。這時，少年們不再依賴警察，想要自己來找出副團長的行蹤。

小林團長在島田少年家中借電話，對家中有電話的團員下達指令，召集住在附近的團員。結果立刻有六名少年趕到了島田家。一小時內，人數到齊了。小林將十名少年分為五組，以島田家為出發點，朝著五條不同的路線進行搜查。

「尋找ＢＤ徽章，我想大友一定會用ＢＤ徽章跟我聯絡，找到的話就沒問題了。」

小林提醒即將出發的少年們注意這一點。ＢＤ徽章是什麼呢？相信大家都已經知道了。其中一組少年不久就發現了這個徽章。

在第一班到第五班的少年搜索隊當中，第二班的兩名少年，很巧的朝著前一天晚上透明怪人汽車開走的方向前進。

但是，少年們當然不知道這件事情，只是巧合的走到那裡去看看而已。一個人走在街上的右側，一個人走在左側，仔細尋視著四周，同時找尋地上是否有徽章。

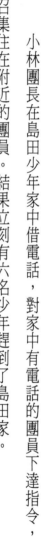

透明怪人

繞過幾條街的轉角，走了大約一公里的路時，右側少年突然停下腳步，他發現了地面有銀色小小的東西。

少年蹲下來，撿起銀色的東西，並且對在左側的朋友招招手。

「哎呀！這就是ＢＤ徽章。」

「沒錯，一模一樣。」

其中一名少年從口袋裡拿出銀色徽章比對一下，的確是ＢＤ徽章。

「太棒了，這樣就可以知道大友的行蹤了。」

少年的臉上露出喜悅的神情。

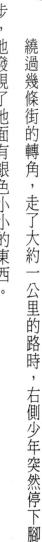

在此就來說明一下ＢＤ徽章。在『少年偵探團』書中，曾經詳細說明這個徽章。ＢＤ徽章是少年偵探團的徽章，取「少年」和「偵探」的英文開頭字母，將Ｂ和Ｄ組合起來，做成徽章的圖案。

ＢＤ徽章除了是團員的標誌之外，同時還有各種的使用方式。

首先，它是用很重的鉛做成的，平常放一些在口袋中，遇到事情時，可以當成小石頭來使用。

第二是，如果被關在敵人的巢穴裡，可以用刀子在徽章背面軟鉛上寫字，然後扔到窗子或圍牆外，這樣就可以與隊友通訊。

第三是，徽章背面的針附帶了線，可以測量水的深度。

第四是，被抓走的時候可以把徽章丟在路上，讓別人知道方向。

團員們將徽章別在學生服胸部的內側，有機會的話，可以把學生服掀開來讓對方看，讓對方知道自己是團員。此外，團員在口袋裡也隨時會準備二十到三十個徽章。

大友趴在透明怪人的汽車頂上時，每當遇到街道轉角，就會從口袋裡掏出BD徽章丟在路上，當成標誌。現在這兩名少年發現的，就是其中一個徽章。

這兩個人睜大了眼睛往地上尋找，每當到了轉角處，就分別朝不同的方向前進，發現徽章時就吹口哨，叫喚另一個人，然後再一起沿著對

的方向前進。就這樣循著徽章，終於來到一片枯木的原野上。

「咦！怎麼來到這麼廣大的原野？」

「這個原野一定有什麼秘密。你看，那裡還有徽章！大友應該就在不遠的地方。」

他們走到有徽章的地方，在草叢中發現銀色的東西。

「啊！這裡也有。」「咦！這裡也有。」兩個人拚命的撿起徽章。

走著走著，終於來到防空洞的入口。

兩名少年發現了被草叢覆蓋的防空洞入口，不禁互相對看一眼。

「嘿！這裡也有徽章。大友一定在這個洞穴中。」

其中一個人用手指著擺在一起的五、六個徽章，輕聲說道。因為不知道現在黑暗的洞穴中有誰在那裡，所以不敢大聲說話。

「好，就是這裡。我躲在這附近監視，你趕快到附近去找電話，打電話通知小林團長。如果只有我們兩個人進入洞穴，任務可能會失敗。

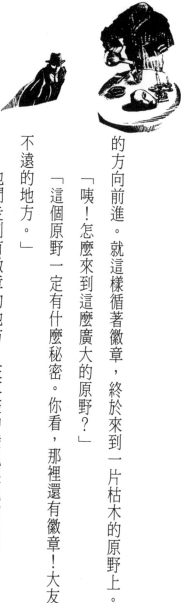

還是先通知團長，由團長通知中村搜查組長好了。」

這個少年比大友更加小心謹慎。他躲在附近的草叢裡，監視洞窟的入口。

另一名少年，則箭步如飛的跑向街上去打電話。

黑暗中的妖魔

大約過了一個多小時，到了下午五點左右，在原野的防空洞前出現了一群警察。

帶頭的是發現洞窟的少年之一和小林團長，接著就是中村搜查組長以及記者黑川，後面還有全副武裝的六名警察跟隨著。因為要踏入黑暗的洞窟中，所以全部的人都拿著手電筒。

「你們三個人守在洞口，如果有人從裡面逃出來，就馬上抓起來。

對方是肉眼看不到的傢伙，所以光是盯著看還不夠。把法繩（警察抓犯人所使用的繩子）拉開，等我們進去之後，在入口的地方張起網子，如此一來，因為透明怪人有身體，所以就算他們想要逃走，你們也可以立刻知道。如果繩子有奇怪的動態，就馬上撲過去抓住他，知道嗎？」

中村組長命令三名警察之後，說道：「那麼，我帶頭先走一步。」說著就彎下身子，踏入黑暗的洞窟當中。有鬼組長之稱的中村，真是勇敢的搜查組長。

接著，由記者黑川跟在他身後，然後是小林一行人。少年們和三名警察全都來到了洞窟中。

和大友當時的情況不同之處，就是他們都拿著手電筒，八個人一起行動，當然聲勢浩大。到了洞窟的盡頭，鑽進小洞，來到了裡面廣大的場所。他們把板門打開，往裡面看，但是，並沒有看到大友。

透明怪人是肉眼看不到的傢伙，因此，不知道他到底在不在。奇怪的是，感覺上並沒有人氣，就像是空屋似的，非常的安靜。

仔細搜查所有的小房間，最後到達怪老人的研究室。奇怪的是，通往那裡的秘門全部都敞開著。

研究室也是空無一人。最早進入這個房間的中村組長和小林，和大友當時看到的研究室完全不同。

架子上的藥瓶以及奇妙的器械等，有一半都已經不在了，剩下的只是一些不值錢的東西而已，感覺上好像才剛搬家似的。也許怪老人知道警察要來，所以趕緊逃走了。

眾人驚訝於這個寬廣的洞窟以及華麗的研究室，但是，並不知道這裡住著怪老人，所以也不覺得奇怪，只是不斷的搜查房間而已。

「咦！這裡還有另外一個出入口。」

記者黑川發現了另一個小的秘門，而且也是敞開的。

「裡面還有空間，去看看吧！」

中村組長率先走了進去。在空曠的黑暗中，感覺空氣非常的潮濕，好像是進入地獄般的地方。

眾人打開手中的手電筒，在手電筒的光芒中，人影都映在牆上或天花板上，讓人有一種很不舒服的感覺。

「咦！有人。剛才有人通過我的身邊，是誰呀？」

傳來小林驚訝的聲音。

「沒有人經過你身邊啊！大家都在前面，沒有人從對面走過來。」

這是記者黑川的聲音。

「可是真的有人碰到我的身體，擦肩而過，走到後面去了。」

小林真的有這樣的感覺。不知道什麼東西碰到他的肩膀和手臂，往後面走去。

「啊！現在通過我的旁邊。真的是人，但是肉眼看不到。」

一名警察大叫著。

接著，大家都七嘴八舌的說，有人通過自己的身邊。

透明怪人就在黑暗當中，而且不光是一個人，就好像在深海中有很多的水母飄游著一樣，讓人覺得非常可怕。

「小林，這裡，這裡。」

這時，突然聽到曾經聽過的聲音。啊！是大友的聲音。大友在黑暗中的某處。

「你是大友嗎？你在哪裡？」

小林問他，同時不斷用手電筒照著。

「這裡，這裡。」

大友的聲音從前面傳來，小林沿著聲音傳來的方向走過去。從手電筒的光線中，他看到鐵柵欄圍成的房間，就好像關著猛獸的鐵牢籠似的。大友的聲音似乎是從牢籠中傳來的。

小林和團員少年跑在鐵柵欄前面，用兩個手電筒照著柵欄裡面。但

是，在這個好像牢籠的柵欄裡並沒有人。

「啊！小林、田村，我遇到可怕的事情。這裡有一個戴著四方形眼鏡、留著白鬍子的老人，他把我變成這個樣子。」

小林和團員田村，驚訝的梭巡著四周。的確，在眼前聽到了大友令人懷念的聲音，但是，瞪大了眼睛，再怎麼仔細的看，都沒有看到大友的身影。

「大友，你在哪裡？」

「我在這裡，我就在你們的面前。我在這個鐵柵欄裡。」

他們聽到有人用指甲敲鐵棒的叩叩聲音，而且就是眼前的鐵棒，但是，仍然沒有看到大友。

小林和田村不知道大友已經變成了透明人，在空無一物的鐵柵欄房間裡聽到大友的聲音傳來，就好像妖怪一樣，讓他們覺得很不舒服。

洞窟的水母

小林和少年偵探團的團員，抓著鐵柵欄大叫著：

「大友，你在那裡嗎？」

小林不斷的用手電筒照，但是，鐵柵欄裡真的空無一人，所以他必須要再次確認一下。

「嗯！我在這裡，我就在你們面前。」

大友的聲音回答著，用手指不斷的叩叩敲著鐵柵欄。

「我在這裡睡覺的時候，一個戴著四方形眼鏡的老人把我變成了透明人，而且脫光了我的衣服，把我關在這裡。」

他現在已經是泣不成聲了。

搜索隊的人拿著手電筒照著，但是，這蒼白微弱的光線沒有拂開黑

暗的力量。在黑暗中，只傳來看不見身影的少年悲傷的聲音。

「我們檢查過整個地下道了，可是並沒有任何老人，只是覺得有一些肉眼看不到的人在身邊。」

聽到小林這麼說，大友說道：

「喔！那是一號到三號的透明人。一號就是震驚世人的透明怪人，二號和三號還沒有離開這裡。因為你們的眼睛看不到這三個人，所以他們可能還在這個洞穴中。」

「喔！包括你在內，總共製造了四個透明人。老人製造這麼多的透明人，到底打算做什麼呢？」

記者黑川在小林旁邊插嘴問道。大友回答道：

「喔！是黑川先生嗎？戴四方形眼鏡的老人，他想到的是可怕的事情。他想製造幾千、幾萬個透明怪人，這樣一來，就可以做任何事情。不怕警察，不怕軍隊，不會輸給任何人。當我聽到他這麼說時，也嚇了一跳。」

記者黑川、中村組長、小林和警察們都驚訝得說不出話來。如果透明怪人大集團正如大友所描述的那樣，那的確是令人害怕的事情。如果有這種透明軍隊，則可能會發生比原子彈爆炸更可怕的事情。

警察遇到一個透明怪人就已經手忙腳亂了，如果製造出十個人、一百個人、一千個人、一萬個人，想到這裡就打從心底發寒，就好像做了可怕的惡夢一樣，感覺很不舒服。

中村組長覺得這件事情非比尋常。不僅是日本，全世界恐怕都會遇到一些可怕的事情。現在必須趕快抓住這個怪老人，阻斷他的發明。

「啊！這裡有人。」

這時突然聽到記者黑川的叫聲。在關著大友少年的鐵柵欄上有出入口的門，那裡上了大鎖。記者黑川就站在這個門前。

一聽到「有人」，三名警察連忙跑到那裡去。但是已經來不及了，

鐵牢籠的門咯噹已經打開，然後又咯噹關上了。

「是透明怪人，現在透明怪人打開了門，進去了。」

記者黑川大叫著。不知道是幾號透明怪人偷偷的用鑰匙打開鎖，推開鐵牢籠的門走進去。

「誰呀？啊，做什麼啊？」

這時，聽到鐵牢籠中傳來大友的叫聲。剛才進去的透明怪人到底打算對大友怎麼樣？

「大友，怎麼回事？誰在那裡？」

中村組長大叫著，三名警察也用手電筒一起照向鐵牢籠中。但是，什麼也沒有看到，裡面好像空無一物似的。接著聽到「呵、呵」很痛苦的喘息聲，不是一個人，而是兩個人。喘息聲重疊在一起。

「大友，你回答我，到底發生了什麼事情？」

組長又問了一次。

「大友！」「大友！」

小林和另外兩名少年不斷的叫著。

但是，兩個喘息聲愈來愈劇烈。大友和另一個透明人正在纏鬥，就好像兩隻大水母在黑暗中糾纏在一起似的。

這時聽到大友痛苦嘶啞的聲音：

「啊！畜生……這傢伙，這傢伙是第一號……小林……第一號的怪人，抓住了……抓住了我，要把我帶到別的地方去。」

大友不斷的閃躲對方想要捂住自己嘴巴的手，斷斷續續的叫著。

「啊！救我，救我……」

接著，好像嘴巴已經被捂住了，聲音消失了。

「大友，我現在就來救你，你振作一點。」

中村組長大叫著，跑到鐵牢籠的門邊。

但是，已經來不及了。如旋風般的東西一下子就飛撲過來，鐵門啪

的從裡面打開了。這時感覺有一個好像水母一樣既大又軟的東西，撞倒了站在前面的記者黑川，逃到黑暗中。

黑川記者不停的倒退，撞到了站在那裡的一名警察，隨即兩個人一起跌倒。

中村組長和小林少年，跑到他們的身邊。

「黑川，振作點，怎麼回事？」

「逃走了。那裡，透明怪人抓著大友，撞倒了我，逃走了。快，快去追他。」

組長帶頭，大家朝著黑川記者所指的方向，用手電筒照著那個方向跑了過去。

但是，對方是肉眼看不到的傢伙，而且，洞窟當中到處都是一片黑暗，警察們就算動作再快，也來不及了。

最後，還是沒有辦法發現透明怪人。

古井底

搜索隊的人，檢查洞窟中所有的房間，又回到了入口處。入口的洞穴張著繩網，透明怪人應該無法逃走。同時，洞穴旁的三名警察還在那裡守候著。

「有沒有任何異狀？」

中村組長詢問洞穴旁的警察。

「是的，無異狀。」

「這個繩網沒有動過嗎？」

「是的，沒有動過。」

如果透明怪人經由此處逃走，繩網一定會動。既然沒有動過，表示怪人並不是通過此處，那麼，那個傢伙應該還是帶著大友躲在洞穴中的

某處。

「真奇怪，找了這麼久，可是卻沒有發現任何人。到底躲到哪裡去了？」

組長懊惱的說著。這時，旁邊的記者黑川側著頭說道：

「中村先生，我突然想到，除了這個入口之外，是否還有其他的秘密出入口呢？小心謹慎的惡人，不可能安心的居住在一個賊窟裡。狡兔有三窟，一定還有其他的逃走之路。如果怪老人能從那裡逃走，那麼，其他的人應該也是一樣的。」

「嗯！你說的對。但是，我們已經搜得這麼仔細了，如果有其他的通道，應該早就發現了。」

「也許我們還不夠仔細。如果還沒有逃走，那麼，就一定還在洞穴中，要不然就是還有其他的出入口。總之，我們還要再搜查一次。」

眾人又回到洞窟裡，打開手電筒，再次的檢查所有的房間。

「啊！中村先生、黑川先生，請到這裡來一下。」

小林在房間的角落叫喚著。那是化學實驗室。

中村組長和黑川記者走了過去，小林打開一扇櫥子門，將手電筒照向裡面。櫥裡有木箱、空瓶等雜亂的排列著，看起來好像有人撞倒了這些東西。

「啊！你們看那個。」

小林手電筒的光照著櫥裡的牆壁。牆上有很多一公分左右的大鐵釘，一直延伸到天花板。

「那是不是可以用來踏腳呢？」

小林說道。手電筒的光沿著鐵釘往天花板照射，看到一塊天花板似乎有點移開，漏出縫隙。

「啊！我知道了。我爬上去看看。」

小林把手電筒往口袋裡放，手腳並用的攀爬大鐵釘，爬到天花板，

推開漏出縫隙的木板，露出一個四方形的大洞。

小林取出口袋裡的手電筒，照向洞裡，「啊」的一聲，高興的叫道：

「這是出口，大洞一直通到上方，那裡有鐵梯子。」

這有如古井一般的深洞裡，洞的另一邊有個鐵梯子。也就是說，櫥子裡的天花板就是古井底。

「好，小林，你爬到鐵梯子那裡去，我跟在你後面，我們一起上去看看。中村先生你也來吧！」

記者黑川說著，也爬進了櫥子裡。

小林得到鼓勵，抓住鐵梯子，在古井裡小心翼翼的一步步往上爬。

黑川記者和中村組長也跟在他的身後。

爬了二十段鐵梯子之後，頭撞了到東西，已經無法再前進了。

「咦！好像已經到了盡頭。」

小林猶豫的說道。黑川記者把手電筒往上照，說道：

「不可能的，那裡一定有什麼蓋子，推推看。」

「啊！真的，推開了。」

這是鐵板打造的厚重蓋子。用力推開之後，上面照下來炫目的光芒。古井口隱藏在草叢裡，鐵板距離地面只有五公尺。小林等人從內側攀爬突出的石頭，輕而易舉地爬出了古井。

「嗯！設想得可真周到。有如古井一般的秘密出入口，從外面看起來，因為蓋上了鐵板，教人以為是井底，根本不會有人知道下面還有通道。」

黑川記者很佩服的說道。

怪老人一定是從這裡逃走的，而透明怪人也是從這裡離開的。抓著大友爬上鐵梯離開的第一號怪人，真是個力量強大的傢伙。

中村組長在四周找尋怪老人和透明怪人是否留下了足跡，但是，在草叢裡並沒有發現任何東西，不知道他們究竟逃往哪一個方向。

搜索隊只發現了怪人的巢穴，卻無法抓到他們，也無法救出大友，最後不得不黯然撤退。

中村組長讓警察留守在洞窟入口以及古井外，暫時回到警政署的搜查本部。在踏上歸途的車裡，黑川記者附在中村耳邊說道：

「中村先生，這可能是警政署第一次遇到大事件吧，就算全日本的警察傾注全力，也無法對抗這個可怕大敵。但是我突然想到一個人，如果這個人能夠幫助警察，那麼，也許就能夠擊敗那些傢伙。」

「你說的是誰呀？」

「就是明智小五郎啊！終於輪到明智先生出場了。聽小林說，明智先生有別的事情在忙，沒有空，可是現在他應該不會再推拖了。他應該先放下其他的事情來幫助警察才對。中村先生，您和明智偵探是好朋友，回到搜查本部後，請您立刻請明智先生來吧。」

「嗯！我也這麼想過。好吧！這次又要借助明智的智慧了。」

中村組長似乎也下定決心了。

明智小五郎

這是明智偵探事務所的所長室。一整面牆的書架上塞滿了印著燙金字的書籍。前面有張大的辦公桌，名偵探明智小五郎就坐在那裡。桌子的表面有如鏡子一般的光亮，映照著明智的臉。他穿著黑西裝，打著茶褐色的領帶，頭髮膨鬆，臉的輪廓很深，很像西方人。

明智把耳朵貼在辦公桌上的電話聽筒上，正在說些什麼。

「我想你一定會找我的。關於透明怪人的事情我也研究了一些。我當然會幫忙。好，待會兒我就到你那裡去。」

原來是中村組長從搜查本部打來的電話。明智掛上電話後，開始做外出的準備。不到三分鐘，桌上的電話又響起，這次聽到的是從公共電

話傳來的聲音，聲音不太清楚而又有點嘶啞。

「明智事務所嗎？明智先生在嗎？」

「我就是明智，你是哪位？」

「我就是你即將要面對的男子，你知道了吧？」

「咦，挑戰來得真早啊！你就是洞窟的怪老人囉！」

「嗯！你挺聰明的，但是，你難道不要命了嗎？」

「哈哈哈，你在威脅我嗎？我是不吃這套的。」

「你一定要和我挑戰嗎？」

「不是挑戰。我一定要揭開你的秘密，而且為時不遠了。」

「哈哈哈……，好大的口氣啊！但是明智，我不是在威脅你，我真的會這麼做。也許你的遭遇會很悲慘，也許會被殺，不，也許會遇到更可怕的事情……。像你這麼偉大的人，如果從這個世界上消失，那也真是太可惜了。我給你一個忠告，明智先生，你可不可以暫時收手，不要插手管這件事？」

「哈哈哈……，你再怎麼說也沒用，我很忙，再見囉！」

就在明智準備要掛上聽筒的時候，好像聽到對方說出一連串詛咒似的話語。

「自大鬼，你不要後悔，到時候你會遭遇到如地獄般痛苦的折磨，比死還可怕……」

明智一笑置之，掛上了聽筒。

秘　室

明智掛上電話之後，思考了一會兒，終於按下辦公桌上的鈴呼喚傭人，說道：

「請文代到這裡來一下。」

文代是明智偵探的美麗夫人的名字。

文代女士原本是明智的助手，因為『吸血鬼』（江戶川亂步寫給適合大人看的神秘小說。在一九三〇年出版）事件而聲名大噪。在解決那個事件之後，就和明智結婚了。在『地底的魔術王』事件當中，也和怪盜二十面相鬥智，而且取得勝利，是個非常聰明的人。

「有事嗎？」

文代夫人推開門，走到明智的身邊。她穿著淡藍色的洋裝，是一位大眼睛的美女。

「我要去忙透明怪人的事件，現在要到警政署中村那裡。但是，剛剛正趕著出門的時候，透明怪人的首領打電話來，也就是小林所說的那個戴著四方形眼鏡的怪老人。」

「喔！他說什麼？」

「他要我收手，否則性命不保……」

「啊！都是說這些話嘛。」

文代是名偵探的夫人，聽到這些威脅的話語，一點也不驚訝。

「不過，那傢伙有肉眼看不到的手下跟隨，你要小心喔！」

「嗯！我也正在想這個事情，這樣特別的傢伙恐怕很難以應付。在我們說話的時候，也許透明人正躲在房間的某個角落偷聽。因為肉眼看不到，所以我們更不能掉以輕心。我們講話時，不能像平常那樣的說，一定要用耳語。」

文代夫人把臉靠向明智的嘴邊，明智對她附耳嘰嘰喳喳的說話。

文代夫人點了點頭。在聽這番悄悄話的時候，臉上的表情愈來愈凝重，好像在商量什麼重要的事情似的。

說完之後，明智離開房間，文代夫人跟在他的身後。走下樓梯，進入一個房間。明智站在一面牆前，整個人貼在那裡。

「妳跟著我來吧！這樣的話，即使是透明人，也無法跟蹤我們。」

明智仍然站在牆邊，伸出右手，按下旁邊柱子上的某個地方。

結果發生了奇怪的事情。感覺好像有東西閃過似的，瞬間明智消失得無影無蹤。

文代夫人並不驚訝，自己也同樣的貼在牆上，按下柱子的某處，結果也消失得無影無蹤。

明智偵探並不是模仿怪老人而發明了讓人的身體變得透明的東西。這面牆就像是在舞台上推換舞台的裝置一樣。

按下柱子上的按扭，整面牆會翻過來，原本貼在牆上的人也一起到了裡面。裡面是空無一人的密室。

明智偵探和文代夫人進入密室裡做些什麼，沒有人知道。這件事暫時不告訴各位讀者。

二十分鐘之後，兩人又再次出現在牆前。也就是牆壁旋轉了兩次，明智和文代夫人又回到原來的房間。

透明怪人

「那麼，我到警政署去了。」

名偵探說完之後，走出房間。文代夫人送他到玄關。

名偵探的危難

明智偵探走出玄關，平常叫喚的汽車已經停在門口，駕駛也是認識的男子。明智坐在後座，說道：「警政署。」車子立刻奔馳而去。

在街道轉了三個彎，來到兩邊都是圍牆的住宅區。在通過一半住宅區的時候，眼前突然有一輛腳踏車從小巷子飛奔出來。奇怪的是，這輛腳踏車裡空無一人，無人腳踏車衝了過來。

駕駛慌張的踩剎車，但是已經來不及了。明智乘坐的汽車發出可怕的聲響，撞到那輛腳踏車的側面。被撞翻的腳踏車在空中翻滾，然後落到地面，車身和車輪全都扭曲了。

汽車的前面嚴重受損，機械嚴重損壞，無法動彈。

因為汽車突然剎車，明智整個人也往前衝，所幸沒有撞到臉，也沒有受傷。

駕駛走下腳踏車，看著腳踏車衝出的小巷子。空無一人的腳踏車怎麼可能自己開出來呢?實在是太不可思議了。

但是，更不可思議的是，巷子裡並沒有看到腳踏車的車主，只看到一個三十歲左右的男子從對面走來，他搖搖晃晃的，穿著像個乞丐。

「喂!你剛剛坐這輛腳踏車上嗎?」

駕駛走近乞丐，對他大叫著問道。

「不是我。」

乞丐面露訝異的神情回答。

「奇怪，除了你以外，這裡沒有別人。你有沒有看到這輛腳踏車衝過來?」

「看到啦！它是從那邊衝過來的。」

「哦！那麼坐在腳踏車上的人到哪去了？跑到別的地方去了嗎？」

「不，沒有逃走，一開始就沒有人啊！」

乞丐說出奇怪的話。

「沒有人？那麼腳踏車怎麼會動？」

「車上沒人，可是腳踏車自己會動，我也覺得很奇怪呀！」

聽到他這麼說，駕駛冷汗直流，回頭一看，明智偵探剛從車上走下來。兩人四目交投，以眼神示意。這個駕駛當然知道透明怪人的事情，也知道明智到警政署就是為了這件事。

「哦！那麼腳踏車上面應該是坐著透明怪人。它從小巷子衝出來，可能是故意要撞先生的車子。」

駕駛露出怯懦的神情看著明智。名偵探只是微微點了點頭，什麼也沒說。他心想，怪老人才剛打過電話，沒想到這麼快就展開行動。雖然覺得有點驚訝，可是表面上卻不動聲色。

既然是透明怪人坐在車上，那麼，因為肉眼看不到，所以既無法追也無法抓。駕駛沒有辦法，只好在乞丐的幫忙下，將破爛的腳踏車推到路邊，檢查車子前方的機械。

「只好另外叫車了，今天修不好。」

駕駛放棄的說道。

就在這時，迎面有一輛汽車慢慢的開來。車上掛著「空車」的牌子，似乎是剛把乘客放下，正在回程的路上。

「先生，正好有空車，只好搭那輛車了。」

駕駛叫住了汽車。明智毫不在意的坐上了那輛車。就算是名偵探，也會有粗心的時候，但是，誰想得到會遇上這樣的事情呢！

這輛車子雖說是計程車，但似乎太豪華了。從外面還看不太出來，但是坐在車子裡面就會發現，所有的設備幾乎都是新的，和普通車子不

太一樣。

明智說明目的地之後，車子全速奔馳而去。拐了幾個彎之後，周圍變得愈來愈荒涼，車子來到了廣大的原野。

「喂！駕駛先生，你是不是走錯路了？我是要去警政署，而不是這片原野。」

明智說話的時候，駕駛回頭看著他，發出奇怪的笑聲。

「嘿嘿嘿……，現在你應該知道了吧！名偵探居然這麼容易就中計。」

車子停下來，駕駛立刻回過頭來，迅速將黑色手槍的槍口對準明智的胸口。更可怕的是，駕駛看著明智，而明智也看著他的時候，竟然嚇得毛骨悚然。

因為駕駛的臉是蠟像，兩個眼睛則是黑洞，戴著好像西方人輪廓的假面具。

偽裝成計程車的這輛計程車，其實就是怪老人的車。明智原來搭乘的車因為撞到腳踏車而無法動彈，正在困擾的時候，正好有空的計程車經過，明智很自然的當然就坐上這輛車。即使是名偵探，也中了怪老人的計謀。

然而明智並沒有表現出很訝異的樣子，慢條斯理的全身靠在椅墊上。他看著蠟像面具，似乎在想，只要一有機會，就要抓住對方。

但是，這時又發生了不可思議的事情。

明智靠著的坐墊突然往前移動。他嚇了一跳，回頭一看，坐墊一直往前移動，就好像恐怖箱的假娃娃一樣，出現了一張人臉，而且這張臉也戴了一張蠟像假面具。蠟像面具出現的同時，也伸出一隻手來，手上也握了手槍，槍口抵住明智背後。

有兩個敵人，而且兩個都是戴著蠟像面具的透明怪人。一個在前駕駛座，一個在後方座位，都掏出手槍對準了明智。這兩個蠟像面具人應

該就是怪老人製造出來的透明人第一號與第二號吧！

就算是名偵探，也無計可施。即使想叫出聲，可是這是無人的廣大原野，稍不留意，子彈就會從前後飛過來。看來，也只能按照他們的吩咐去做了。

「嘿嘿嘿……，偵探先生，我們的首領很親切的用電話提醒你，可是你卻不聽他的話，真是太笨了。不管你再聰明，就算是偵探也無法抵擋，真是可憐哪，看來你已經束手無策了吧！嘿嘿嘿……」

駕駛座的蠟像面具人發出難聽的笑聲。但是，只聽到笑聲而已，蠟做的臉一點表情也沒有，更教人不舒服。

後方的傢伙仍然把槍口對準明智的背後，一動也不動。假扮成駕駛的那個傢伙離開了駕駛座，爬到後座來。蒼白的蠟像面具，就出現在明智的眼前。

「也許你會覺得有點不舒服，但是要忍耐一下。」

蠟像面具人說完之後，明智覺得眼前一片漆黑，原來對方用黑布矇住他的眼睛，同時用細繩綁住他的身體。細繩愈來愈緊，明智根本無法動彈。啊！名偵探明智小五郎也成為敵人的俘虜了。

透明怪人第五號

由於眼睛已經被矇起來，因此，接下來的事情只能用身體去感覺。汽車再度開動，開了二十分鐘之後突然停了下來。明智的身體被兩個透明怪人從車上架到廣大的建築物當中，通過長長的走廊，來到了一個房間，坐在大的安樂椅上。

兩個透明怪人就這樣的離開了房間，四周一片寂靜。接著感覺又有人靠近了，矇住眼睛的黑布「啪」的被扯了下來。

「呼呼呼……明智先生，委屈你啦！我想見你，可是沒想到這麼快

就見到你了。」

原來就是那位怪老人。雪白的頭髮，垂到胸前的白鬍鬚，鷹勾鼻，銳利的眼睛，戴著四方形的眼鏡非常耀眼。身上披著好像蝙蝠一般的黑色斗篷，雙手背在背後，身體微微彎曲的站在那裡，看起來好像老魔術師似的。

這是一個很大的西式房間，以前可能很豪華，但是，現在卻沒什麼裝飾，就好像空屋一樣，讓人覺得不舒服。除了桌椅之外，房間裡沒有任何的家具，其中的一面牆上有大的暖爐，這是唯一的裝飾。

怪老人在坐在安樂椅上的明智面前來回踱步，繼續說道：

「我沒有說謊，我已經打電話警告你了，但是，你卻把我的話當耳邊風，急著想要趕到警政署去，所以，才會遭遇這樣悲慘的下場。現在你應該知道我的厲害了吧！明智先生，你覺得如何呢？」

明智沈默不語的瞪著老人。他的手腳都被綁了起來。雖然感到很遺憾，卻也無計可施。現在不管對方說什麼，都只能忍耐了。

「明智先生，你知道我的願望吧！我想要把每個人都變成透明人，想要建立一百人、一千人、一萬人的透明人大集團。你想想看，肉眼看不到的大集團，在整個日本，不，在整個世界出現，成為天下無敵的透明軍隊。啊！光是想到這裡，我就非常的痛快。」

怪老人得意洋洋的說著，而且在明智的面前來回踱步。

「我必須趕緊進行我的計畫，否則的話，又會陸續出現像你這樣的妨礙者。我的四個透明人才剛製作完成，第一號、第二號、第三號、第四號，你也知道，這個第四號是一個小孩，叫做大友，這個孩子已經變成透明人了。

接下來第五號是誰呢？哇哈哈哈……，明智先生，你應該已經知道了吧！不是別人，就是你。名偵探明智小五郎將成為透明人第五號，變成透明的名偵探，你會成為我的手下。

不光是你，還有透明人第六號，你覺得會是誰呢？第七號又會是誰呢？那就是中村組長和記者黑川，還有你疼愛的少年小林，我要把他們全都變成透明人！

哇！哈哈哈……太痛快了，太痛快了，我的發明竟然這麼大快人心，我以前怎麼都沒有察覺到呢？喂！明智先生，你不要害怕，你很快就沒有身體了，你會變得像空氣一樣的透明。空氣偵探，透明偵探，哈哈哈……明智大先生，到時候，你可是很丟臉的哦，哈哈哈……」

怪老人好像覺得很好笑似的，持續展現著勝利式的狂笑。

啊！我們的名偵探真的輸給了怪老人嗎？難道真的會慘遭怪老人的魔手而變成透明人嗎？不管怪老人再怎麼笑，明智一直保持沈默。但是，會不會太沈默了呢？在如此艱難的時刻，難道他還有戰勝老人的自信嗎？

我們的明智小五郎，原本就具有深不可測的智慧，也許他正在運用我們所沒有察覺到的計謀，或許他已經準備好了最後的王牌呢！

紅色小丑

話題再回到警政署的搜查本部。中村組長和記者黑川、少年小林等人都在等待明智的到來，但是，一直沒有看到明智出現。

因為覺得很奇怪，於是中村組長打電話到明智的事務所去。結果對方回答，偵探先生在一個小時之前就已經坐汽車出發了。

中村組長聽到之後，把這件事告訴黑川記者和小林，大家互相對看，都不知道發生了什麼事。

「從偵探事務所到這裡，坐汽車只要十五分鐘，真奇怪，難道在中途遇到什麼事情嗎？難道透明怪人抓走了明智先生嗎？」

記者黑川這麼說時，小林少年十分擔心老師安危這件事情，已經無

法再忍受了。

「我要回去事務所，我要去問載老師離開的駕駛。」

小林說著，就想要從房間裡跑出去。

「等等，你單獨行動，我不放心，我也去吧！中村先生，你也一起去吧。」

黑川記者看著中村組長，中村組長點了點頭，站了起來。於是中村組長、黑川記者、小林少年三個人，坐著汽車趕往同樣位於千代田區內的明智偵探事務所。當時已經日近黃昏。

「好，就停在這裡。關掉車頭燈，在這裡等一會兒。」

中村組長命令駕駛。車子並沒有開到事務所前面，反而故意停在遠處，這是組長的習慣。這種做法每次都會找到一些線索。

到處都有空地，三個人在漆黑的街道中躡手躡腳的前進。

這時，發生了奇怪的事情。

在前方的黑暗中，竟然出現了紅色的東西。

三個人不禁停下腳步來，看著這個東西。這個紅色的東西朝著他們走了過來，愈來愈靠近，身影愈來愈清晰。

原來是穿著小丑服的廣告人。

紅白相間的寬鬆小丑服，還有同樣紅白相間的尖帽子，臉上塗上白粉，兩邊臉頰則塗上紅的圓形，胸前掛著某商店的大廣告板。

在沒有人煙的寂靜住宅區，而且是夜晚，廣告人怎麼會出現在這裡？讓人覺得非常奇怪。更奇怪的是，這個紅色的小丑竟然搖搖晃晃的靠近中村組長，同時把一張廣告傳單遞到組長的面前。

組長嚇了一跳，看著小丑，但是，還是接過他遞過來的廣告傳單。小丑就這樣離去了，紅色的小丑服消失在黑暗中。

中村組長在街燈下看著廣告傳單。

並不是印刷廣告，而是用筆寫下的像書信般的東西。

明智小五郎現在在某個地方變成透明人。名偵探明智的身體會變得像玻璃一樣的透明。想要阻礙我的人，全都會變成透明人。你們也要小心喔！

「快去追剛剛那個傢伙，把那個小丑抓來！」

中村組長慌忙的叫著，邁著大步跑開了。黑川記者和小林少年不知道到底發生了什麼事情，跟著他一起跑。組長一邊跑，一邊給他們兩個人看傳單。

「啊！老師被透明怪人抓走了！」

小林邊跑邊叫道。

「是啊！而且剛才那個小丑可能就是透明怪人。中村先生，你有看到他的臉嗎？眼睛是黑洞，臉上根本沒有表情，就好像戴著蠟像面具一樣，只是在蠟像面具上塗抹白粉而已。」

黑川記者一邊跑，一邊喘著氣叫著。

跑到關上車頭燈的汽車邊，仔細一看，駕駛已經不在了，不知道到哪去了。三個人停下來環顧四周。

神奇的手法

這時，看到駕駛站在對面的轉角那裡，對著這個方向招手。雖說是駕駛，但也是警察，看到可疑的小丑經過，也許就此跟蹤他也說不定。

三個人跑到那裡去。駕駛用手指著在轉角處的公共電話亭，輕聲說道：

「他到裡面去了。你看，從這裡就可以看到那個傢伙。」

公共電話亭旁有街燈，可以看到電話亭玻璃內的一切。假扮成小丑

的人躲在裡面。

「趁他還沒有發現，趕快從四面八方包圍吧！」

在中村組長指示之下，黑川記者、小林及駕駛朝著獵物前進，從四面八方接近公共電話。

小林少年好像松鼠一樣，行動敏捷的跑到公共電話亭旁，從玻璃窗偷看裡面的情形。

真是如此！電話亭中的人就是剛才的紅色小丑，仍然戴著尖帽子，彎下腰，看著這一邊。蒼白的臉好像貼在玻璃上似的，一直看著這邊。的確是蠟像面具。兩個眼睛是黑洞，眉毛和嘴巴都沒有動，並不是活人的臉。

另外三個人，也從其他三個方向包圍公共電話亭。站在入口門前的是中村組長。

紅色小丑已經是囊中物，當然無法逃走了。

透明怪人

中村組長手抓著門把，想要打開門，但是卻推不動門。公共電話亭的門當然不可能上鎖。也許是小丑抵住了門，不讓門打開吧。

「喂！打開門，你已經無路可逃了，不開門的話，我就撞門囉！」

組長大聲的對著玻璃門叫著。

這時，小丑的臉慢慢的轉向組長這邊。兩個如黑洞般的眼睛隔著玻璃門看著組長。

「嗚呼呼呼……我當然逃得掉，我逃給你看。你撞門哪！」

從玻璃門中傳來微弱的聲音。小丑因為戴著蠟像面具，嘴巴並沒有動，只聽到聲音傳出來。

囊中物竟然向組長挑戰，組長當然無法忍受。中組股長用整個身體撞門。聽到玻璃破裂的聲音，原本就不是很堅固的門，所以立刻就被撞破了。

組長和駕駛想要拉開破裂的門。這時小丑仍然待在原來的地方，發出「嗚呼呼呼……」讓人覺得不舒服的笑聲。

他似乎不想逃走。

和小丑纏鬥的是擔任駕駛的警察。他以驚人的速度飛撲過去，但是突然「啊」的大叫，倒在公共電話亭內。

小丑只有衣服，並沒有身體，駕駛撲了個空。

「怎麼回事？」

「這……這傢伙只有衣服。」

駕駛重新站起來，抓著紅色小丑服讓組長看。

肩膀下面有蠟像面具，蠟像面具下的小丑服和廣告板連在一起，尖尖的帽子用繩子從公共電話亭的天花板上吊著。剛才還在那裡說話、大笑的傢伙，一下子就只剩下衣物。

真是非常俐落的手法！趁著門被撞破時，透明怪人只留下帽子、面具和衣物就逃走了。脫掉衣物後就赤身裸體，是肉眼看不到的透明怪

人，所以當然抓不到他。就算他就在身邊也抓不到。

「啊！在那裡，往那裡逃了。」

記者黑川大叫著，奔馳在黑暗當中。另外三個人也驚訝的跟著他。

「嘿嘿嘿……快點啊！快點啊……」

在黑暗中二十公尺遠處，傳來透明怪人的聲音。這個聲音漸去漸遠，消失在遠方。

「不要再追了。黑川先生，放棄吧！」

中村組長說道。大家又回到剛才的公共電話亭前，想要拿回小丑服等證據。組長將用繩子吊著的帽子、面具、小丑服全都打包，夾在腋下。這時，突然發現公共電話亭的地上有張紙條。那不是普通的紙，上面寫了字。組長趕緊把紙條攤開來，在街燈下看著。

還是請擔心明智夫人吧！透明人第六號就輪到美麗的文代夫人了！

看到組長驚訝的表情，眼尖的少年小林趕緊跑到他身邊，看著紙條。小林看到上面寫的可怕字句時，非常擔心，抓著組長的手臂，說道：

「快點！夫人危險，快到事務所去……」

模糊的影子

不久之後，明智偵探事務所的寬廣接待室裡坐著明智的夫人文代以及中村組長、記者黑川、少年小林三人。這個接待室是在面對道路的一樓，窗簾已經拉上，電氣設備是裝上大型的檯燈，可是打開它，房裡卻有點暗。文代夫人坐在圓桌前，正在和他們說話。

「先前你們打過電話來，所以，我已經把載送明智離去的汽車駕駛叫到這裡來了。詢問之後，證實明智真的被抓走了，當時街上的那輛空計程車就是壞蛋的汽車。」

文代夫人詳細說明當時的情況。

「那輛可疑計程車的車牌號碼是幾號?」

中村組長插嘴問道。

「遺憾的是,駕駛忙著處理自己的汽車,並沒有看到車號。」

「是嗎?那麼把汽車的顏色和樣式告訴我,我讓部屬去搜索。」

組長立刻拿起電話筒,問文代夫人計程車的形狀和顏色,迅速向辦公室做好了安排。在他放下聽筒的時候,電話鈴突然響了起來。

小林立刻拿起聽筒,貼在耳邊。聽了對方的聲音,突然小林臉色大變,同時說道:

「好奇怪的聲音。」

他把聽筒交給中村組長。

「喂喂喂,幹嘛拖拖拉拉的,文代夫人在不在啊?有話要對文代夫人說。」

非常奇怪的嘶啞聲音。

「你是誰？」

中村組長冷靜的問道。

「我是誰並不重要，叫文代夫人來聽就知道了。快去叫文代夫人。」

「不說出你的名字，就不讓她接你的電話。快報上姓名吧！」

「你是誰啊？明智事務所現在應該沒有男人在那裡呀？」

「我是警政署的中村。剛才我已經遇到假扮成小丑的傢伙，也看到威脅的信。」

「哇哈哈哈……中村鬼組長，透明怪人很難對付吧！我是透明怪人的親生父親。明智偵探先生在我這裡，就像我的孩子一樣。現在我正在為他動手術，明天他就會變成透明人了，接下來就輪到文代夫人了。丈夫變成透明人，留下她一個人實在非常可憐，這點你應該了解吧！今天晚上我想請文代夫人來這裡。鬼組長，就算你再怎麼努力，我用的是透

明人，恐怕你也英雄無用武之地吧！請你轉告文代夫人，再見了。哦！對了，等等，你不用慌慌張張的展開調查，這通電話是在渋谷的公共電話亭打的，這裡離我住的地方很遠。鬼組長，再見囉！」

怪老人自言自語的說完之後就掛上了電話。這當然就是那個戴著四方形眼鏡的怪老人。中村組長聽他說完之後，懊惱的緊咬著嘴唇，掛上聽筒。

既然知道了接下來就輪到文代夫人，大家當然要商量如何保護她。小林少年要跟在文代夫人的身邊，而中村組長和黑川記者今天晚上也要待在明智偵探事務所，同時，還打電話從本署調來三名老練的刑警巡邏整個事務所。此外，也打電話給警察局，讓他們派幾名警察來巡邏偵探事務所周圍。

「夫人，妳不要擔心，做了這樣的安排，應該沒問題了。而且我們三人會寸步不離的在妳的身邊保護妳。」

組長安慰的說道。

文代夫人相當的鎮靜，臉上的表情都沒有改變，她說道：

「謝謝你們。我也是很堅強的人，但是，一定要幫助明智，我比較擔心他。」

「這我也知道。在搜查本部除了我之外，還有很多組長，也有很多著名的刑警，我們傾注整個東京警察署的力量，一定能夠救出他的。」

中村組長不斷的鼓勵文代夫人。

就在這個時候。

拉上窗簾的緊閉窗子突然「啪」的亮了起來。由於窗子面對道路，通過的汽車在轉角時會把車頭燈照在窗上，窗子會突然亮起來，因此，代夫人和小林都沒有注意到這個車頭燈。但是，知道怎麼回事，白色的光卻一直照著窗子，一動也不動。

等到他們發現而覺得奇怪的時候，發覺白色的窗簾上竟然有個模糊

的影子。

啊！個可怕怪物的影子！蓬鬆的頭髮、鷹勾鼻、如新月型的大嘴，是透明怪人的側臉。怪物赤裸著上半身，為普通人的三倍大。黑色的影子映在窗簾上。

「嘿嘿嘿……」

可以聽到玻璃窗外傳來了令人厭惡的笑聲。

「畜生！」

聽到椅子移動的聲音，黑川記者站了起來，好像子彈一般撲向映著影子的窗簾。

第二個小丑

打開窗子，當然沒有發現影子的主人。黑川記者感到很驚訝，只能夠退回座位上。

當天晚上十點左右，文代夫人回到了寢室，小林少年則在左邊自己的寢室，中村組和黑川記者在文代夫人房間右側的客房暫時休息。三名刑警則徹夜守衛，兩個人在屋後，一個人在玄關。

這是一個非常安靜的住宅區。到了深夜，偶爾傳來遠處的聲音，就好像在森林裡一樣。

過了午夜十二點，將近一點時，偵探事務所的後院外突然發生了奇怪的事情。

偵探事務所包含明智的住宅在內，在佔地一百平方公尺的後院，種了很多美麗的樹木。兩名刑警拿了椅子坐在樹叢中，眼睛看著四周。他們不光是坐在那裡，有時候其中一個人會站起來，走到圍牆外的道路上去巡邏。

後院和道路之間是廣大的水泥牆，那裡有一個做為出入口用的小

門。圍牆外有街燈，照亮了庭院中的一切。

一名刑警從椅子上站起來，在庭院中巡邏，然後走到小門外，正想到外面的道路上巡邏時，才踏出一步就呆立在那裡。

在寂靜的小巷，深夜時分應該沒有人會經過，但就在街燈的燈柱旁，站著一個奇怪的東西，那是穿著紅色衣服、好像大的人體模特兒一般的東西。

刑警和這個好像人體模特兒一般的東西距離二十公尺遠，雙方互瞪著。仔細一看，那不是人體模特兒，而是活生生的人，而且是穿著紅白條紋相間的小丑服的人。

「啊！是那個傢伙，是昨天傍晚在公共電話亭內消失的小丑。」

刑警馬上撲向這名小丑。小丑這時拔腿就跑，速度飛快。

刑警一邊跑，一邊吹哨子。「嗶嗶嗶……」，後院的另一名刑警聽到之後也飛奔出來。不過，和先前的刑警距離已經拉大了五十公尺，追不上了。

先前的刑警深怕對方又逃走，到時候會遺憾不已，因此拚命的追，但是，對方實在跑得太快了。就在跑了三個轉角之後，跑在前面的小丑好像突然想起什麼似的，停下腳步來。

在對面的黑暗當中，看到好像怪物眼珠子般的手電筒，原來是兩名穿著制服的巡查。兩名負責警戒的巡查，聽到剛才的哨子聲以後追了過來，堵住小丑的去路。

「哇！太棒了！」刑警在心裡大叫著，跑近小丑，使用柔道的手法，「啪」的將小丑摔在地上，同時跨坐在他的身上。

「你是透明怪人，這次看你往哪裡逃！」

他想要摘下小丑戴的蠟像面具，但是手碰到臉的時候，發現那不是面具，而是真正的人的臉。

「咦！你不是透明人？」

「我當然不是，我是化粧的小丑廣告人紅丸，我又沒做錯什麼事，放開我……」

小丑發出哭泣的聲音大叫著。

「這麼晚了，你幹嘛站在那裡？」

「是別人拜託我這麼做的。」

「拜託你？誰拜託你？」

「我也不知道。三個小時前，一名路過的紳士給了我一千圓（相當於現在的兩萬日幣），要我站在圍牆外，等到有巡邏警員過來或是有人從圍牆裡出來，就拚命的跑。這樣就可以賺到一千塊錢，多好！我當然答應他了。」

用手電筒再看這個小丑廣告人，小丑看起來並不像是個聰明人，可能真的是為了想賺一千圓而答應這個工作。

如果他說的是真的，那麼，對方為什麼要他做這件事情呢？刑警們怎麼想也想不透。

「還是把他帶到中村組長那裡去吧！這件事情一定有原因的。」

稍後跑過來的另一名刑警，對著跨坐在小丑身上的刑警附耳說道。

於是先前的刑警站了起來，抓住小丑，朝著來時路把他拖走。另外一名刑警和兩名巡查跟在身後。

走了三百公尺，接近偵探事務所後門時，記者黑川已經在那裡等著了。

「怎麼回事？怎麼這麼吵？怎麼跑到這裡來了？」

「啊！黑川先生，這是個可疑的傢伙，他說自己是受人之託而一直站在那裡。我因為聽說了傍晚的小丑事件，以為他是透明怪人而跑過去追他。這傢伙跑得真快，追了好久才追到。」

刑警說出了剛才發生的事情。

「嗯！還是請中村組長調查一下好了。」

「中村先生看起來太累，已經睡著了，你們不要吵他，我去把他叫醒，請他到這裡來。」

黑川記者說完之後，消失在後院深處。在黑川記者走到屋內時，那裡又發生了令人驚訝的事情。

會變魔術的怪老人，又施出可怕的魔法了。

黑矮人

話題回到明智夫人文代的身上。她告別眾人回到寢室，想到透明怪人今晚可能會來抓自己，根本就睡不著。她依然穿著白天的衣服躺在床上休息。右邊的房間有中村組長和記者黑川，左邊則是小林少年，就算發生什麼怪異的事情，只要出聲，他們就會立刻前來幫忙。雖然令人安心，但還是睡不著。

這時，突然聽到後院裡響起了哨子嗶嗶……聲，原來是一名刑警在吹哨子，也就是先前發現小丑的那名刑警，他一邊追小丑，一邊吹哨子，而文代夫人並不知道這件事。不知道發生了什麼事的文代夫人，擔心透明怪人會不會偷溜進來，覺得心跳加快。

文代夫人從床上坐了起來，豎耳傾聽。

就在哨子聲音響起不久，房門無聲無息的被打開了。她嚇了一跳，凝神細看。打開的門外站著中村組長和記者黑川。

文代夫人一陣錯愕，想要說話，但是兩個人都把手指放在嘴前，做出「別說話」的動作，而且用另一隻手不斷的向她招手。

文代夫人覺得自己好像就在做夢一樣。看到他們招手，就立刻下床。她仍然穿著白天的衣服，直接走到房門口那兩人的身邊。

「這裡不安全，我們帶妳到安全的地方去。快點！稍後再慢慢告訴妳。」

中村組長匆匆忙忙的附在文代夫人的耳邊輕聲細語說道。

文代夫人根本無暇去思考，就在兩人的帶領之下趕往後院。

就在這個時候，後院水泥牆外發生了奇怪的事情。

因為兩名刑警追趕小丑，所以後門是敞開的。這時，看到兩個小小的黑色身影以驚人的速度穿過後門，朝著與小丑逃走的相反方向，迅速奔馳而去。

跑了一百公尺後，在轉角處停著一輛汽車，裡面只有一名駕駛。車子關掉了車頭燈，車內也沒有打開燈，所以看不清楚駕駛的模樣。

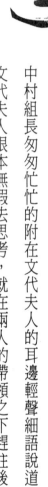

這時出現一個好像矮人的黑影，手上拿著白鐵罐，在接近汽車的後方時，黑影好像鑽到車身下面去似的。但是，不一會兒就離開了汽車，身子縮在旁邊的電線桿後面。不可思議的是，這時黑影的手上已經沒有白鐵罐了。

黑矮人的身影消失在電線桿後方。三名大人從偵探事務所的方向加快腳步跑了過來。其中一名是女子，另外兩名男子好像從兩邊夾住她似的走著。來到汽車旁，打開了門，陸續上車。

汽車發動引擎，一下子就往前滑行，消失在黑暗中。不過汽車依然沒有開車頭燈。

看到車子離去之後，剛才躲在電線桿後面好像矮人的黑影出現，就這樣直接的跑向了偵探事務所。他以驚人的速度跑著，立刻從水泥牆的後門跑進了事務所的後院。在他回頭的時候，街燈正好照在他的臉上，原來是少年小林，他的動作就好像松鼠一樣的迅速。

到底小林鑽到汽車下要做什麼呢？他手上拿的白鐵罐到哪裡去了呢？事實上，小林的奇特行動正是少年偵探團大活動的開始。關於這件事，稍後再告訴各位。

換個場面，來看看消失中的怪汽車。車裡坐著明智的夫人文代女

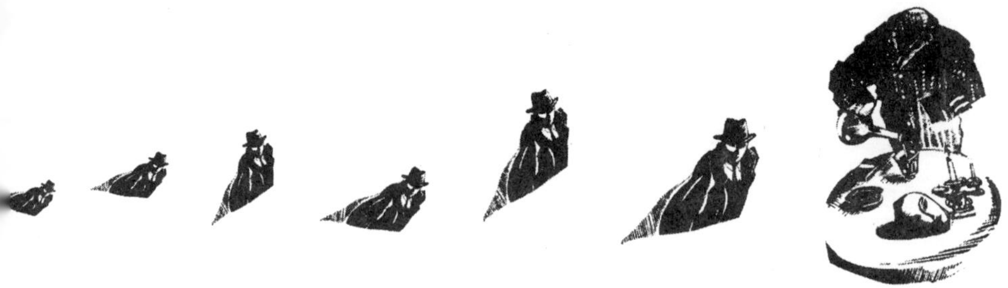

士，而中村組長和黑川記者則坐在她的兩邊。剛才在小林少年的眼前坐上汽車的黑影，就是這三個人。

汽車開動之後，「哎呀！」文代夫人叫了一聲，感覺整個身子都僵住了。

這也是無可厚非的事情。原以為自己受到保護，沒想到中村組長和記者黑川開始做出可怕的事情。

黑川的手繞到文代夫人的頸後，用好像手帕似的東西綁住她的嘴巴，不想讓她出聲。中村組長則為了不讓文代夫人亂動，綁住了她的身體。

兩名高大的男子從兩邊夾住她。柔弱的文代夫人根本無計可施，立刻就被綁了起來。

這到底是怎麼一回事呢？為了保護文代夫人而留在偵探事務所的警政署搜查組長和報社的大記者，現在卻突然成為可怕的敵人，要把文

代夫人綁架到某處去。這兩個人，難道是中了怪老人的魔法，變成怪老人的手下嗎？

黑川記者綁住了文代夫人的嘴巴，從座位上直起腰來，手扶著汽車的門。

「那麼，就拜託你啦！」

他對中村組長說了這句話之後，「啪」的把門打開。駕駛察覺到這件事，放慢了速度。黑川記者很快的就跳出車外，消失在黑暗中。

文代夫人不知道會被帶到哪裡去？中村組長和記者黑川為什麼要做這種事呢？小林少年知道這件事情，但是，為什麼不救文代夫人，反而把好像白鐵罐的奇怪東西放在車身下，這到底是什麼意思呢？

這些秘密都是在黑暗中進行的。但是，不久之後就能夠解開謎團，相信時間已經不遠了。

再換個話題。這天晚上，在另一個地方又發生了神奇的事件。

爬水管的人

就在文代夫人被怪汽車帶走，不知道載到哪裡去的時候，港區南邊一片荒涼的原野上，有兩名巡邏警員在那裡巡邏。

「這附近好像沒有住家。」

「嗯！這是轄區內我最討厭的地方。這裡有因為戰爭而燒掉的大樓，是一棟奇怪的建築物。傳說這附近是妖怪住宅呢！」

「喔！妖怪住宅？像這樣的地方最容易被壞蛋利用了。」

「是啊！所以我特別注意這棟建築物……。咦！好像有東西在動。你看，在那棟燒過的大樓的轉角處，有黑色的東西不斷的爬下來。」

兩個人嚇了一跳，站在原地一動也不動。

在這片荒涼的原野上，有一棟被燒毀的三層建築物。外壁是看起來

非常骯髒的磚瓦建築物。內部則似乎已經處理過了，有某個公司把這裡當成事務所，晚上事務員一家人就住在這裡。

仔細一看，這棟建築物三樓的窗子是打開的，有一名男子沿著長長的排水管慢慢的往下爬。在半夜爬大樓的水管，看起來實在很奇怪。住在大樓的人當然不可能爬水管，所以這名男子應該是小偷。

兩名警察悄悄的接近這棟建築物，盡量不讓對方察覺。爬水管的男子就好像在表演特技似的，慢慢的爬了下來，一點都沒有察覺到警察正在下面等他。

男子爬到距離地面兩公尺處，伸開手，撲到草叢上，在他身體搖搖晃晃的時候，突然有一名警察從身後撲了過來。

「你是誰？在這裡做什麼？」

警察盤問可疑的男子。

「噓！聲音太大了。」

男子一點也不在意，就好像上司在責罵屬下似的，要警察別開口，在被警察抓著的情況之下，男子很快的離開了建築物旁邊。

走了大約一百公尺遠，到達另一棟建築物附近時，可疑的男子終於用普通的音量說道：

「失敬，失敬！引起騷動真是不好意思。你們不認識我嗎？你們應該有手電筒吧？拿手電筒照照我的臉仔細瞧瞧。」

警察照他所說的，用手電筒照著男子的臉。看了一會兒之後，好像想起什麼似的，倒退了一步，以恭謹的語氣說道：

「啊！原來是明智先生，在本廳曾經見過您一次。」

「是的，我是明智小五郎。」

「明智先生，您怎麼會在這裡……」

「哎！有很多原因。我被透明怪人的首領抓住，相信這件事你們已經聽說了。事實上，這棟大樓就是壞蛋的巢穴。」

「啊！原來如此。這麼說，這棟大樓裡住著透明怪人一群人囉？」

「是的，我好不容易才從窗子爬下來。如果被他們發現了，他們一定會逃走的。趕快開始行動吧！但是，你們只有兩個人，根本就不能做什麼，趕緊去聯絡警政署的中村組長，聽從組長的指示。」

「知道了。那麼，我先陪您到警局，然後再打電話到組長家，我們先要向局長報告才行。」

於是三個人在無人的深夜街道上奔馳，到離這裡不遠的警察局去。

空屋之怪

他們從警察局打電話到警政署，知道中村組長等人為了處理透明怪人事件，待在明智偵探事務所，於是趕緊打電話到那裡去。中村組長立刻接了電話。

不久之後，中村組長帶著兩名警察，坐車趕到警察局長和明智等待的地方。

「哦！明智先生，你平安無事，真是太好了，太好了。那傢伙在燒掉的那棟大樓中嗎？」

中村組長握著名偵探的手，很高興的說著。

「如果他發現我逃走的話，那就一切太遲了。要趕緊去包圍那棟大樓，當然由我帶路。」

明智也緊握著組長的手回答著。

「好吧，趕緊出發吧！你在那棟燒掉的大樓中沒有遇到夫人嗎？」

「咦！夫人？你說文代嗎？」

明智嚇了一跳，看著組長。

「嗯！明智先生，真是對不起，文代夫人被擄走了，詳情待會再告訴你。我和黑川記者、小林少年三人保護文代夫人，但是，有人把安眠

藥放在咖啡裡，我喝下之後就睡著了，結果文代夫人就不見了。不僅如此，黑川和小林少年也不見了。我原以為他們兩個去跟蹤文代夫人，但是，直到我出門之前他們都沒有回來。這裡負責守衛的刑警們發現到一名可疑的小丑，當時為了抓人而離開了事務所的後門，但就在這個時候，文代夫人被抓走了。」

中村組長似乎並不知道偽裝的中村組長和黑川記者，用汽車載走了文代夫人，也不知道小林少年鑽到汽車下面安裝白鐵罐的事。

「我一點都不知道。不過也有可能是為了不讓我碰到夫人，而把她關在大樓的某處吧！趕快走，一定要快點救出文代夫人。」

明智先行一步，離開了警察局的玄關。

不到十分鐘，警察局長和中村組長帶著警察隊進入燒燬的大樓，由明智負責帶路。

警察們以手電筒的光做為小型的探照燈，在一片漆黑的洋房裡搜查。不過，不但沒有人影，也沒有任何器具，就像空屋一樣。

一樓、二樓、三樓都仔細的搜查過了，什麼也沒有發現，沒有任何人。三層建築的大樓中空無一人，怪老人和他的同黨似乎已經捨棄這個巢穴，早就逃之夭夭了。

已經全都搜查過了，警察隊回到一樓。明智先行走在一片漆黑的走廊上，突然停下腳步，看著前方的黑暗，然後朝著那個方向跑去。

繞過走廊的轉角也是一片黑暗，在黑暗當中，好像有黑的東西在那裡搖晃移動著。明智朝著那個東西飛撲過去。

「哇！」聽到大叫聲，緊接著是可怕的聲響。

跟著明智跑過來的警察全部將手電筒照著那裡。明智在上面按住了黑色的東西。那是穿著黑色鬆垮垮外套的人，那傢伙似乎想要推開明智似的，突然抬起頭來。喔！原來是戴著四方形眼鏡、留著白鬍子的怪老人，是惡魔的首領。明智抓住了這個大敵。

這裡有這麼多的警察，就算想逃也無處可逃。怪老人立刻被銬上了手銬，束手就擒。

為什麼怪老人會遭遇這樣的下場呢？既然有時間逃走，為什麼還待在這棟大樓裡不走呢？即使對手是名偵探，他也不可能這麼輕易的就被抓住啊！

但是，由於透明怪人的首領被逮，大家都很高興，所以也就沒有人察覺到這個疑點。在中村組長的指示之下，怪老人坐上了汽車，被送到警政署。接下來又陸續發生了難以理解的怪異事件。

少年名偵探

第二天中午以後，在警政署的偵訊室裡，中村組長、上司志野搜查課長及明智小五郎全都站在桌前，在他們面前的，則是銬上手銬的怪老人，怪老人被綁在椅子上。

他們一直盤問到早上，但是，怪老人始終保持沈默。大家好像在互相比耐性似的，直到下午都彼此對瞪著。

「你說，你在等什麼？到底在等什麼？快說吧！」

搜查課長反覆的問這句話。

「我有話跟明智先生說。我在等這件事情。」

怪老人閉著眼睛，以低沈的聲音回答。

「明智先生就在這裡，你為什麼……」

「不，我等的不是這位明智先生，而是另外一個人。但是除了明智先生之外，我絕對不會對任何人說的。明智先生不能夠離席，直到最後都要待在這裡。如果明智先生離開了，我就什麼都不說了。」

搜查課長聽他這麼說，感到很厭煩。而明智偵探聽他這麼說，也無法走出房間，只能夠無言以對。

過了三十分鐘，入口處的門打開。一名警察走了進來，先向課長和組長敬禮，然後走到明智的身邊。

「明智先生，有一個叫做小林的少年到這裡來，他說他想見你。你要去見他嗎？」

明智並沒有回答，而怪老人卻突然大叫道：

「把小林帶到這裡來吧，我等的就是這個少年。」

「不，這樣不行，我和小林還要商量一些事情。我暫時告退了。」

明智說完想要站起來，但是中村組長卻阻止了他。

「明智先生，請你不要走開，否則這次的偵訊就無法順利進行了。還是把小林少年帶到這裡來吧！」

警察敬完禮離去之後不久，門外響起雜沓的腳步聲。門一打開，出現的竟然是意想不到的人。

「啊！這不是夫人嗎？太好了，妳平安無事……明智先生，你應該很高興吧！小林救出你的夫人了。」

中村組長拍拍明智的肩膀。

美麗的明智夫人文代站在房間門口，小林少年和四、五名中學生好像要保護文代夫人似的，站在她的兩旁。

明智和文代互相對看，微微的點了點頭。

「小林，到這裡來報告一下，你是怎麼發現夫人的？」

聽到中村組長這麼說，小林回答：「是。」往前走了兩、三步，詳細訴說昨天晚上發生的事情。

「昨天我在夫人隔壁的房間睡覺，到了半夜，突然發現夫人的房間前嘰嘰喳喳，似乎有人的聲音，我偷偷的打開門縫往外瞧，發現中村組長和新聞記者黑川似乎要把夫人帶到哪裡去。

我覺得很奇怪，於是，從另一個走廊繞到後院，看到門外對面停著一輛汽車。

我想，他們一定是要讓夫人坐上這輛汽車，不知道要到哪裡去。

我突然想到，帶走夫人這種大事情，中村先生和黑川先生怎麼可能不告訴我呢？真奇怪。難道這兩個人是喬裝改扮的嗎？但是，如果當場揭穿，不知道夫人會遭遇到什麼危險。與其如此，還不如暗地裡掌握汽車的行蹤更好。

於是，我想到可以利用之前老師和我發明的非常棒的東西。我趕緊跑到倉庫拿出小的白鐵罐，把它掛在車身下。白鐵罐裡面裝著煤焦油，用錐子在罐底戳一個小洞。煤焦油從洞中漏出來，就好像畫線似的，在地面上留下了記號。隨著汽車前進，煤焦油會一直滴下去。如果不仔細看，根本就看不到地上有這條細線。

今天早上，我聚集附近五名少年偵探團員，然後到狗店借出了明智老師寄放在那裡的牧羊犬『西雷』，讓牠聞煤焦油的氣味，沿著地面找尋。後來發現了關著夫人的住宅，於是由團員在那裡守候，我則打電話通知中村組長。」

當小林說到此處時，中村組長插嘴說道：

「早上我曾經離開這裡，當時是去接小林的電話。為了幫助小林等人，我命令部屬前往。他們做得不錯……」

「哇哈哈……痛快，痛快，我也變得老糊塗了，竟然被這些少年耍弄。」

怪老人突然笑了起來。大家都嚇了一跳，看著他。

「小林，你不愧是明智偵探的好徒弟，做得真好，我也必須要稱讚你。但是，你的功勞應該不只如此吧！好像還發現什麼重要的東西。別藏起來，帶到這裡來吧！」

怪老人很有活力似的，說出了奇怪的話。小林眼睛一亮，看著明智偵探。

「老師，可以帶來嗎？」

但是，明智並沒有回答，只是露出奇怪的表情瞪著小林。

「可以，可以，小林，帶來吧！明智老師一定也會感到很驚訝。哈哈……痛快，痛快。」

怪老人變得更有精神了。

這到底是怎麼一回事呢？似乎怪老人比明智偵探知道更多的秘密，這不是很奇怪嗎？

小林和中村組長用眼神交談，看到中村組長點頭，因此，走到房間外。小林究竟會帶誰來呢？接下來又會發生什麼奇怪的事情呢？

三個明智小五郎

整個房間裡的人都「啊」的叫了一聲，站了起來。和小林一起來到房間的，是令人非常意外的人，那就是名偵探明智小五郎。哇！有兩個明智。一個是今天一直待在偵訊室的明智，另一個則是剛剛進來的明智，兩個人的臉型及服裝完全一樣，就好像雙胞胎似的。

「哇哈哈哈……怎麼樣，大家一定很驚訝吧！中村，請你綁住這兩個明智小五郎。快拿繩子來，這兩個人之中一定有一個是假的，但是不知道哪一個是假的，所以兩個人都要綁起來，要是讓他們給逃走，那可就糟了！」

怪老人雖然還是被銬著手銬，但是，卻從椅子上站起來大叫著。他不再稱呼中村為組長，而直接叫他中村，就好像在這整個房間中，怪老人是最偉大的人物似的。

更不可思議的是中村組長的態度。他不但沒有責罵怪老人，還按照怪老人的吩咐，按鈴叫喚警察將正在互瞪的兩個明智小五郎用繩子綁起來。兩個人各自坐在椅子上，手繞到後面，被繩子反綁起來。

到底誰是真的誰是假的，根本不得而知。兩個明智小五郎很快的就

被綁住了，根本沒有反抗的機會。

「哇哈哈哈……愈來愈有趣了。各位！我還有一件事情要告訴你們哦！那就是，我也是假的。我並不是製造透明人的老人，而是他的替身。那個老人給我很多的謝禮，拜託要我當他的替身。我是故意被你們抓的，真正的怪老人怎麼可能那麼輕易的就被你們抓到呢？

透明怪人的首領要我當他的替身被你們抓到，在大家心情鬆懈的時候，他又變成其他的人逃走了。不，並不是逃走，他並沒有到很遠的地方，他就在我們的面前，待會兒你們就知道了。哇哈哈哈……真是太痛快了。

我現在就要揭露他的真實身分。哎呀！這個手銬真是礙手。中村，你幫我把手銬打開。」

怪老人說完之後，就把雙手伸到中村組長的面前。如果鬆開他的手銬，他會不會逃走呢？危險，危險，但是中村組長竟然從口袋裡掏出鑰

透明怪人

匙，打開老人的手銬。

老人會不會逃走呢？

不，他沒有逃走，只是走到房間的一角，蹲在那裡。

老人就好像剝皮似的，把戴著假髮的頭整個剝了下來，露出黑色蓬鬆的頭髮。接著，長長的白鬍鬚和兩道白眉毛也全都慢慢被扯了下來，變成真正黑色的眉毛。然後他又挪動身子，將黑色寬鬆的衣服脫掉，面對眾人，站了起來……。

啊！又一個明智小五郎。怪老人竟然變成了名偵探。

這到底是怎麼一回事，大家都搞不清楚。有三個明智小五郎，其中兩個的雙手被反綁，坐在椅子上，而另一個則站在房間的一角，看著大家。總共有三個名偵探！

哇！這到底是怎麼一回事呢？就好像做夢一樣。不，不是夢。除了搜查課長、中村組長之外，還有先前保護明智的兩名刑警、小林、文代夫人、五個中學生，這麼多的人不可能同時做夢。

剛才還是怪老人的第三個明智偵探，不再裝成彎腰駝背的姿態，反而抬頭挺胸的走到房間的正中央。

「小林，你真是立了大功，不愧是我的助手。我要先向搜查課長等人道歉。我剛才說得到老人的贈禮，成為老人的替身，可是明智當然不會這麼做。老人怎麼可能讓敵人明智偵探當他的替身呢？我只是在老人的巢穴假扮成廚師住在那裡，假裝成一個愚笨的廚師。

老人決定在身邊安置一個人，以便自己逃走的時候能順利脫逃，因此，必須找一個替身欺騙警察才行。於是他想到了住在那裡的廚師。他給我錢，要我假扮成老人，故意把我留在大樓當中，讓明智偵探抓到。

大家一定覺得很不可思議吧！明智偵探抓到明智偵探，抓人的明智是真的，還是被抓的明智是真的呢？不僅如此，還有另一個明智！小林從壞蛋的巢穴抓到的明智也被綁在這裡！這三個人當中到底誰才是真

正的明智小五郎呢？

如果被小林抓到的是真正的明智，那麼我和抓到我的明智就是假冒的。此外，如果在大樓中爬水管逃走，和中村一起抓住假扮成老人的明智是真的，那麼，我和被綁在那裡的那個明智就是假的。真的很麻煩，為什麼會同時出現三個明智小五郎呢？

理由是這樣的。這三個人當中，有真正的明智，以及明智平常就已經準備好當成替身的明智，還有假扮成明智的透明怪人的首領。一個是明智，一個是明智的替身，另一個是賊人的首領。而這三個人當中，究竟誰是誰，現在我就要解開這個謎團，這樣，就可以知道透明怪人的秘密了。」

第三個明智說完之後，看看四周。眾人訝異的屏氣凝神看著第三個明智。這麼多人待在房間裡，但是房間裡卻鴉雀無聲。

從後台看

第三個明智站在房間的正中央，面對著課長和組長，開始說明透明怪人事件。他面帶微笑，雙手不停的比劃著，明快的解開事件的謎團。

「假冒的中村組長和記者黑川，昨天晚上欺騙文代，把她帶走。真正的黑川記者又是怎麼回事呢?真正的中村組長被人下了安眠藥，而待在同一個房間裡的黑川，如果也和組長一樣熟睡的話，那麼大家就可以了解事態。但是，睡著的只有組長，而黑川到哪裡去了呢?到現在都沒有看到他的人影，到底是怎麼一回事呢?黑川記者到底消失到什麼地方去了呢?」

明智說到此處，環視整個房間，大家都沈默不語的看著明智。

「在戲劇表演的舞台上，觀眾席上看到的情景和從後台看到的情景

完全不同。舞台美麗的背景，從後台看來，只不過是一些粗糙的東西搭起來的佈景而已。同樣的，犯罪事件也有表裡兩面。大家到目前為止所看到的都是表面。

也就是說，你們只是坐在觀眾席上，觀賞戲劇表演而已。

但是，偵探絕對不會坐在觀眾席上欣賞，一定會繞到後台，從後台看。這次的透明怪人事件，我也是一開始就從後台看的，因此，我能夠了解整個過程。

這個事件如果從背後來看的話，立刻就會發現到黑川記者很可疑。只有中村組長被下了藥，而黑川卻沒事，這個事實就證明了這一點。各位，黑川記者就是惡魔的首領。抓文代的時候，中村組長是假的，黑川記者則是真的。

知道了黑川記者是透明怪人的首領之後，所有的謎團都解開了。從後台看戲法，就可以清楚的了解各種秘密。

大家不要感到驚訝，透明怪人根本就不存在。事實上，製造出震驚世人的透明怪人事件，只是黑川的手法。」

明智說到此處暫時打住，大家都驚訝的瞪大眼睛看著他。他說透明怪人根本不存在，大家似乎很難接受。

「黑川為了讓大家覺得真的有透明怪人，一直都在表演。一年前他成為東洋新聞的記者，運用高明的手腕，立刻得到社會部長的信任。他百分之百利用了這個大報社社會部記者的地位。

請大家想想，透明怪人的事件，大部分都是由黑川說出來或寫在報紙上的。除了黑川之外，沒有人看到過。如果登上了報紙，大家就不會覺得那是謊言，反而覺得這是真實的事件。而這些大多是黑川製造出來的。他運用了各種手法來欺騙世人。

例如，在銀座街上很多人撞到了肉眼看不到的人，還有搶走擦鞋少年錢財的不良青年，被肉眼看不到的人制伏的事情，以及黑川去島田家

拜訪，明明沒看到人卻說水泥牆有影子，而且自己遭到影子的攻擊，這些都是黑川捏造出來的。把這些和真實發生的事情，巧妙的搭配在一起，大家就不會認為這是謊話。

黑川利用四、五名助手，讓大家覺得真的出現了透明怪人。在事件發生的時候，則由助手來說明整個事情的始末。

例如，當大寶堂商店的項鍊被偷的時候，他就事先讓助手擔任大寶堂的店員住在那裡，只有這個店員在那裡的時候才會發生怪事，因此，那是店員編造出來的謊話。掌櫃的和老闆全都被騙了，而黑川則把這個助手編造出來的謊話寫在報紙上。

另一個例子就是，島田家的珍珠塔被偷走的那天晚上，一個流浪漢青年在庭院角落看到肉眼看不到的人載上蠟像面具、穿上西裝。事實上這個流浪漢青年也是黑川的助手。」

大奇術

明智說到此處，中村組長說道：

「但是明智啊，編出謊言的確是不值得信賴，不過有一點我不明白，就是剛發生這個事件時，島田和木下兩個少年曾經從骨董店跟蹤過載著蠟像面具的男子。他在兩名少年面前脫下衣服，變成肉眼看不到的透明人，這點你要如何說明呢？這兩個人並不是黑川的助手啊！」

「那只不過是好像木偶戲的戲法而已。載著蠟像面具的男子進入頹圮的磚瓦建築物當中，兩名少年在建築物外徘徊。男子趁這個時候逃到建築物外面，然後用事先準備好的同樣的面具、西裝，用很多黑色的絲線，從二樓地板的裂縫處吊起這些道具。

在二樓的另外一名助手，利用被絲線吊起的面具、西裝，做出脫衣

服的動作，讓衣服飄浮在空中，然後移動在建物側面的出口。因為是黃昏，天色微暗，少年們根本看不清楚綁著這些道具的絲線，看不出這些暗藏的機關。

黑川和兩名少年一起跟蹤載著蠟像面具的男子，假裝和這名脫掉衣服的傢伙纏鬥。這當然也是編造出來的事情。

此外，還有少年木下發現在百貨公司的人體模特兒當中，站著載著蠟像面具的怪人，蠟像面具怪人逃到百貨公司地下室的倉庫。那個倉庫有很大的箱子，壞蛋脫掉了衣服躲在箱子裡，扔出蠟像面具和衣服。就在這個時候，門被打開，所以大家看到飄浮在空中的假面具。」

這時中村組長說道：

「但是，當時透明怪人從倉庫逃走，在走廊的店員和下樓梯的運貨工人都被撞倒了啊！」

「那兩個人也是黑川的助手。哈哈哈哈哈！的確是很好的計策。

一個人假扮成店員，一個人假扮成運貨工人，裝做好像被透明怪人撞倒的樣子。

還有一件事情，少年島田在自家後院看到溜冰鞋自己在那裡移動，那也是用絲線牽著溜冰鞋，由黑川的助手躲在庭院的草叢中拉著絲線讓它移動的。」

「怪人的半透明影子映在窗上，還有那難聽的笑聲，那也是……」

「那是幻燈和腹語術。助手躲在住家外面的樹叢中，對著窗子照著怪人側臉的幻燈，而在屋裡的黑川則使用腹語術說話。怪人的影子出現時，黑川一定會待在那個房間裡。使用腹語術時，嘴巴不需要移動就能說話，不知道聲音是從何處傳來的。如果想讓大家覺得是從窗外傳來的，就可以使聲音變得像是從窗外傳來的一樣。

我假扮成廚師躲在怪老人的巢穴裡，知道很多事情。怪老人事實上就是黑川。黑川真的是一個很奇特的傢伙，他不但會使用奇術，還會操

縱木偶、使用幻燈及腹語術。

另外，還有黑魔術以及鏡子戲法。製造出透明怪人就是利用各種奇術，像這次的事件，就好像奇術展覽會一樣。

少年大友趴在可疑的汽車頂上，偷偷來到防空洞怪老人的巢穴時，從門縫裡看透明怪人的寢室。結果，只看到穿著睡衣卻沒有手、沒有臉的傢伙拿著杯子在喝水，那就是黑魔術。那個寢室的牆壁是用一片黑色的布幕蓋住。在一片漆黑的背景前，黑川的助手的臉用黑絲絨包住，手上戴著黑手套，在那裡變戲法，所以，看起來就好像是沒有手、沒有臉的人在喝水似的。

大友被怪老人變成了透明人，這只是大友自己的感覺而已。當我從壞蛋的巢穴把大友救出來的時候，已經詢問過大友詳情了。

怪老人為大友注射鎮靜劑，把他綁在椅子上，關在兩個榻榻米大的狹窄房間裡。房間裡的一面牆上掛著三十公分正方形的小鏡子，大友醒來時，發現這面小鏡子照著自己胸部以上的部分。的確，看到了自己的學生服，卻不可思議的沒有臉。應該有臉的地方，結果卻只映出了後面的水泥牆而已。

大友的雙手被反綁在椅子上，無法摸自己的臉，只好移動肩膀看看，結果鏡中的學生服也移動了肩膀，因此，知道映在鏡中的的確是自己。大友當然非常震驚，覺得自己已經變成了透明人。

這是一種鏡子的戲法。嵌在牆上的是普通的透明玻璃，後面才是真正的鏡子。側面則由與穿著與大友同樣學生服的人坐在椅子上，胸部以上用與水泥牆同樣顏色的板子遮住臉。這看在大友的眼中，就像是看到了沒有頭的自己。大友移動肩膀時，對面的人也跟著移動肩膀，這就是大家都知道的鏡奇術。

大友以為自己變成了透明人，被關在黑暗的房間裡。後來中村你和黑川、小林一起進入防空洞，聽到關在鐵籠中大友的聲音，然而鐵籠中

卻空無一人。這依然是黑川用腹語術假裝成大友的聲音。

還有，另一個透明怪人進來，進入鐵籠中與大友搏鬥，最後抓住了大友，不知道逃到哪裡去了。這種感覺也是黑川腹語術的傑作。利用腹語術，使得兩個人喘氣的聲音聽得很清楚。黑川自己打開了鐵籠的門，假裝是透明人打開似的。此外，又故意假裝被透明人撞倒，這全都是黑川自己在自導自演。

中村先生，大致的情形你都了解了吧？還有什麼不明白的地方要我再說明呢？」

明智微笑著，好像站在黑板前的老師在問學生似的。

「從後台看，的確非常有趣。如果能找到黑川這個犯人，那麼一切就真相大白了。對於你的明察秋毫，我真是非常佩服。黑川這個傢伙做了相當可怕的事情。聽了你的說明，似乎還有兩個遺漏之處，一個是島田家地下室金庫中珍珠塔被偷走的事件；另一個可能你還不知道吧！昨天晚上戴著蠟像面具的小丑，在公共電話亭消失的事件。」

中村組長簡單的說明了小丑事件，明智立刻解開謎團。

「你所說的兩個事件，按照先前我所說的那些，你應該也能夠了解了吧！珍珠塔是被黑川偷走的。要偷珍珠塔的通知信從空中飄然落下，也是黑川自己丟出信紙，自己接到信紙。偷珍珠塔也是利用同樣的手法做出來的。

看到通知的信，島田少年的父親和黑川，一起到地下室的倉庫去調查。當時黑川就利用奇術師的手法，從玻璃箱中偷走了珍珠塔。因此到了半夜大家聚集在金庫前想要抓透明怪人的時候，金庫裡面早就空無一物了。

然而，會覺得透明怪人偷偷的溜了進來，那當然也是靠著黑川的腹語術。使用腹語，術真的是非常方便，它能夠製造出一般人無法想像的結果來。

另外，就是小丑在公共電話亭突然消失的事件。因為我才剛知道這件事，所以還無法確認，不過我想應該是這樣的。看到小丑進入公共電話亭的駕駛為了通知你們而離開了電話亭旁。這時小丑已經將準備好的另一個蠟像面具和小丑服，從電話亭的天花板吊起，然後走到外面，同時把門關好，就這樣的逃到黑暗中去了。

你們原以為吊在電話亭中的蠟像面具、小丑服是先前的小丑，結果發現裡面空無一物時，當然會非常的吃驚。但是，這也是利用腹語術。當時黑川應該和你們在一起吧！這樣你們就應該知道腹語術的確是非常巧妙的。」

聽了明智的說明，先前一直沈默不語的搜查課長說道：

「明智先生，你真是明察秋毫，借用你的智慧，任何不可思議的事情都能夠迎刃而解。經由你剛才的說明，現在我全都了解了。

但是，明智先生，現在雖然明白戲法是如何變出來的，可是還有一件不明白的事情，那就是黑川為什麼要運用這樣的大奇術，故意製造出透明怪人呢？你應該知道原因吧？」

「我知道，這就是本事件最有趣的部分。」

明智笑容可掬的開始說明。

真犯人

明智繼續說道：

「為什麼他要故意製造出透明人讓大家看呢？其中一點就是他要偷取昂貴的寶石等東西。如果大家都認為肉眼看不到的透明怪人是犯人，那麼真正的犯人就不會被懷疑了。

但是不僅如此，這個犯人還想要震驚世人。就好像小孩躲在門後，當有人走過來時就故意跳出來嚇對方一樣。整個東京、整個日本的人，

都會因為這個事件而深感震驚。假裝製造出了幾十、幾百個透明怪人要震驚世人，這對他而言是很痛快的事情。

還有一點，就是他想要讓別人認為我——明智小五郎、文代以及小林都成為透明人。事實上，他想要把我們綁走，讓世人以為連名偵探都變成透明人了。

怪老人打電話到我的事務所去，我就已經了解了那傢伙可怕的決定。因此，我也擬定了計畫，也就是，讓我和文代的替身住在偵探事務所，而真正的我和文代暫時消失。

中村先生，你應該知道，我在前一次的事件就曾經使用過替身。當時我讓和我長得一樣的人住在秘密的場所。這次我也使用這個人。

在前一次事件發生的時候，還沒有文代的替身，但是，我不斷的找尋，終於找到與文代一模一樣的人。當然，我也讓這個女子住在秘密的場所。

我的偵探事務所最裡面的房間有秘密通道，一部分的牆是旋轉門。我和文代接到怪老人威脅的電話之後，就從這個秘密通道離開，留下了我們兩個人的替身。

因此，在車上被抓走的明智是我的替身。昨天晚上被黑川和假的中村組長抓走的文代也是替身。被小林救出來而出現在這裡的文代，不是真正的文代。我的妻子文代已經躲在沒有人知道的安全場所了。」

聽了明智的話，大家都感到十分意外。房間裡的人幾乎都無法呼吸，全都驚訝的張著嘴，看著明智。

「真正的我，早就已經找到怪老人的巢穴，假扮成廚師住在那裡。當那些犯人抓走了替身而感到安心之後，當然就會掉以輕心。犯人想要讓我假扮成他的替身。

他非常狡猾，和我有同樣的想法，想要利用替身來欺騙警察。

於是我變成了怪老人，故意被警察抓走，讓警察安心。他打算進行

更可怕的陰謀。

那麼，我變成替身之後，真正的怪老人又會怎麼樣呢？他會不會變回原先的記者黑川呢？不，不會這樣。在這個世界上最不會被懷疑的人就是偵探。抓住明智的犯人想要自己假扮明智來愚弄警察。也就是說，昨天晚上沿著大樓的排水管爬下來，故意讓巡邏警察發現的明智，才是真正的犯人。」

聽他這麼說，眾人的視線全都落在被綁在椅子上的明智的身上。被真正的明智小五郎指出真實身分的犯人，臉色蒼白，頹喪的坐在椅子上，因為他已經被發現是真正的犯人了。

真正的明智，看著一臉沮喪的假明智，繼續說道：

「不管是記者黑川、怪老人或假扮成明智，能夠扮得這麼像，看起來和我一模一樣，實在是太厲害了。事實上，這個犯人就是擅於喬裝改扮的大名人。

抓住明智的犯人，又假扮成明智，事實上是為了復仇——他擁有不同的風貌，是個擅於喬裝改扮的名人。你們想想，他會是誰呢？」

明智說著，看看眾人。眾人看得眼珠子都好像要迸出來似的，像石頭一樣呆立在原地。

「你們已經知道了吧？不管是怪老人、還是假扮成明智的記者黑川，都不是真正的他。我不知道他的本名，但是在一年前『地底的魔術王』事件中扮成魔法博士的人，就是怪盜二十面相，而現在被綁在椅子上的這個大惡魔正是怪盜二十面相。

發生『地底的魔術王』事件而被逮捕的幾天之後，他就逃離了牢籠。後來成為東洋新聞的記者黑川，開始進行對我的復仇計畫。

搜查課長，趕快抓住凶賊二十面相，這次不要讓他給逃走了，一定要做好萬全的準備喔。」

聽到明智這麼說，整個房間一片嘩然，課長、組長、刑警、小林少

年、少年偵探團員，總計十個人，全都湧到被綁在椅子上的假明智的身邊。

綁著犯人的椅子被撞倒，怪盜二十面相倒在地上。就算是魔術師，到了這個地步也無計可施了。他臉色蒼白，額頭冒汗，緊咬著嘴唇，好像死人一樣的躺在地上。

震驚世人的透明怪人大事件，終於落幕了。名偵探明智小五郎和名助手少年小林的風評愈來愈高。好一陣子，不管到哪裡，都聽到大家在談論兩人的功勞。

解說

合理的「不可思議的事情」

平井隆太郎
（亂步長男・
立教大學名譽教授）

在距今八十年前的一九一三年，父親正在計畫「帝國少年新聞」這份適合少年的報紙。當時父親才剛進大學，十八歲，雖說是報紙，但也只是每個月出刊三次，因為資金不足，才出了宣傳的小冊子就宣告失敗。這個小冊子上有一些關於報紙內容的介紹。預告一些學術談話以及少年小說等。

學術談話指的是「從宇宙天體的研究到動植物的觀察」全都包含在內。父親在數學方面不拿手，但是到了晚年，對於自然科學依然很感興

在琵琶湖的遊艇上。前排右側為筆者，後面站著的是父親江戶川亂步

趣，很討厭科學上不合理的事情。直到現在，他的藏書中還有一些以前的科學雜誌。像奧姆真理教所說的，人會飄浮在空中的騙術，如果父親還活著，一定會加以否定。

少年小說以「希望」來命題，意思是「迎向希望的少年也許會去抓壞人，也許會住在妖怪住宅裡生活而成為空中人或地下人」，是解說千變萬化的小說。這當然只是計畫，但是卻和『透明怪人』裡的少年小林等人類似。

父親留下很多少年推理小說，主要都是在大學時代完成的。當時他在認識的國會議員的拜託之下，擔任對方親戚小孩的家庭老師。因為對象是小孩，所以他會自己杜撰一些童話故事，說給他們聽。內容大概就

透明怪人

是類似『透明怪人』以及其他的小說故事。

談到『透明怪人』，讓人想起英國威爾斯的作品『透明人』。兩者書名類似，但『透明人』是要服下藥物才會變得透明，看似科學的做法，事實上，卻是幻想小說，即使科學再進步，也不可能實現這個願望。

正在凝視收集的彩色版畫的江戶川亂步

父親很討厭假借科學之名的幻想小說。不喜歡數學的父親很喜歡科學，因此在『透明怪人』一書中也煞費苦心，使用了一些常識上能夠實現的道具來組合這個故事。是否真的能夠實現，當然另當別論，但是，這的確是可以實現的故事。也讓我們了解到，科學在世上也是非常神奇的。

父親很喜歡神奇的故事，因為這些都是有待解決的問題。可是如果採用不合理的

1932 年全家人一起到關西旅行。右側為筆者

方法來解決，就會變得索然無味。

例如，要等到神佛出現才能解決的問題，那當然就很無趣了。

父親早期的作品有『火繩鎗』這本書。火繩就是利用導火線點火發射子彈的器具，小說裡則是利用置於窗邊的金魚缸收集陽光，將焦點對準在火繩上，點燃火繩，藉此發射的子彈能夠殺人。

最近，也看到了一些金魚缸釀成火災的事件被報導出來，甚至有大片牆壁成為凹面鏡，光線焦點聚集在上面，發生引燃卡車的事故。

因此，依常識來推理，這個少年事件是可能發生的。然而事實上還需要加上很多的偶然、巧合才能夠辦到。這就要看作家的功力了。

幾年前，美國科學雜誌「science」曾經報導得到諾貝爾獎的學者約瑟夫，自己經由修行之後，也能像奧姆真理教教主一樣的在空中飛翔。

當然，這個人現在已經完全不進行科學研究了，而在美國也沒有奧姆真理教的信徒。也許研究陷入瓶頸的科學家才會出現這樣的想法吧。

著名的日本靜岡縣秋葉神社的開山祖防火神叫做三尺坊，就是因為他擁有離地三尺飄浮的神通力，因此才有這樣的稱呼。雖然是古代的傳說，但是人類的幻想似乎一點都沒有進步。

父親藉著『透明怪人』想要告訴讀者的就是，世間有很多超越常理的不可思議事件。然而他卻煞費苦心的要把『透明怪人』以合理的方法表現出來。希望大家一定要了解他的這番苦心。

7. 避孕	早乙女智子著	200 元
8. 不孕症	中村春根著	200 元
9. 生理痛與生理不順	堀口雅子著	200 元
10. 更年期	野末悅子著	200 元

・傳統民俗療法・品冠編號 63

1. 神奇刀療法	潘文雄著	200 元
2. 神奇拍打療法	安在峰著	200 元
3. 神奇拔罐療法	安在峰著	200 元
4. 神奇艾灸療法	安在峰著	200 元
5. 神奇貼敷療法	安在峰著	200 元
6. 神奇薰洗療法	安在峰著	200 元
7. 神奇耳穴療法	安在峰著	200 元
8. 神奇指針療法	安在峰著	200 元
9. 神奇藥酒療法	安在峰著	200 元
10. 神奇藥茶療法	安在峰著	200 元

・彩色圖解保健・品冠編號 64

1. 瘦身	主婦之友社	300 元
2. 腰痛	主婦之友社	300 元
3. 肩膀痠痛	主婦之友社	300 元
4. 腰、膝、腳的疼痛	主婦之友社	300 元
5. 壓力、精神疲勞	主婦之友社	300 元
6. 眼睛疲勞、視力減退	主婦之友社	300 元

・心 想 事 成・品冠編號 65

1. 魔法愛情點心	結城莫拉著	120 元
2. 可愛手工飾品	結城莫拉著	120 元
3. 可愛打扮 & 髮型	結城莫拉著	120 元
4. 撲克牌算命	結城莫拉著	120 元

・少年偵探・品冠編號 66

1. 怪盜二十面相	江戶川亂步著	特價 189 元
2. 少年偵探團	江戶川亂步著	特價 189 元
3. 妖怪博士	江戶川亂步著	特價 189 元
4. 大金塊	江戶川亂步著	特價 230 元
5. 青銅魔人	江戶川亂步著	特價 230 元
6. 地底偵探王	江戶川亂步著	
7. 透明怪人	江戶川亂步著	

23. 二十四式/三十二式太極拳/劍	闞桂香著	180 元
24. 楊式秘傳 129 式太極長拳	張楚全著	280 元
25. 楊式太極拳架詳解	林炳堯著	280 元
26. 華佗五禽劍	劉時榮著	180 元
27. 太極拳基礎講座：基本功與簡化 24 式	李德印著	250 元
28. 武式太極拳精華	薛乃印著	200 元
29. 陳式太極拳拳理闡微	馬　虹著	350 元
30. 陳式太極拳體用全書	馬　虹著	400 元
31. 張三豐太極拳	陳占奎著	200 元
32. 中國太極推手	張　山主編	300 元
33. 48 式太極拳入門	門惠豐編著	220 元
34. 太極拳奇人奇功	嚴翰秀編著	250 元
35. 心意門秘籍	李新民編著	220 元
36. 三才門乾坤戊己功	王培生編著	220 元
37. 武式太極劍精華 +VCD	薛乃印編著	350 元
38. 楊式太極拳	傅鐘文演述	200 元
39. 陳式太極拳、劍 36 式	闞桂香編著	250 元
40. 正宗武式太極拳	薛乃印著	220 元

・原地太極拳系列・大展編號 11

1. 原地綜合太極拳 24 式	胡啟賢創編	220 元
2. 原地活步太極拳 42 式	胡啟賢創編	200 元
3. 原地簡化太極拳 24 式	胡啟賢創編	200 元
4. 原地太極拳 12 式	胡啟賢創編	200 元

・名師出高徒・大展編號 111

1. 武術基本功與基本動作	劉玉萍編著	200 元
2. 長拳入門與精進	吳彬　等著	220 元
3. 劍術刀術入門與精進	楊柏龍等著	220 元
4. 棍術、槍術入門與精進	邱丕相編著	220 元
5. 南拳入門與精進	朱瑞琪編著	元
6. 散手入門與精進	張　山等著	元
7. 太極拳入門與精進	李德印編著	元
8. 太極推手入門與精進	田金龍編著	元

・實用武術技擊・大展編號 112

1. 實用自衛拳法	溫佐惠著
2. 搏擊術精選	陳清山等著

・道學文化・大展編號 12

1.	道在養生：道教長壽術	郝　勤等著	250 元
2.	龍虎丹道：道教內丹術	郝　勤著	300 元
3.	天上人間：道教神仙譜系	黃德海著	250 元
4.	步罡踏斗：道教祭禮儀典	張澤洪著	250 元
5.	道醫窺秘：道教醫學康復術	王慶餘等著	250 元
6.	勸善成仙：道教生命倫理	李　剛著	250 元
7.	洞天福地：道教宮觀勝境	沙銘壽著	250 元
8.	青詞碧簫：道教文學藝術	楊光文等著	250 元
9.	沈博絕麗：道教格言精粹	朱耕發等著	250 元

・易學智慧・大展編號 122

1.	易學與管理	余敦康主編	250 元
2.	易學與養生	劉長林等著	300 元
3.	易學與美學	劉綱紀等著	300 元
4.	易學與科技	董光壁　著	280 元
5.	易學與建築	韓增祿　著	280 元
6.	易學源流	鄭萬耕　著	元
7.	易學的思維	傅雲龍等著	元
8.	周易與易圖	李　申　著	元

・神算大師・大展編號 123

1.	劉伯溫神算兵法	應　涵編著	280 元
2.	姜太公神算兵法	應　涵編著	280 元
3.	鬼谷子神算兵法	應　涵編著	280 元
4.	諸葛亮神算兵法	應　涵編著	280 元

・秘傳占卜系列・大展編號 14

1.	手相術	淺野八郎著	180 元
2.	人相術	淺野八郎著	180 元
3.	西洋占星術	淺野八郎著	180 元
4.	中國神奇占卜	淺野八郎著	150 元
5.	夢判斷	淺野八郎著	150 元
6.	前世、來世占卜	淺野八郎著	150 元
7.	法國式血型學	淺野八郎著	150 元
8.	靈感、符咒學	淺野八郎著	150 元
9.	紙牌占卜術	淺野八郎著	150 元
10.	ESP 超能力占卜	淺野八郎著	150 元

國家圖書館出版品預行編目資料

透明怪人／江戶川亂步著；施聖茹譯
－－初版－臺北市，品冠文化，2002〔民91〕
面；21公分 －（少年偵探；7）
譯自：透明怪人
ISBN 957-468-122-X（精裝）

861.59　　91000702

版權仲介：京王文化事業有限公司

少年偵探7 **透明怪人**　　ISBN 957-468-122-X

著　　者／江戶川亂步
譯　　者／施　聖　茹
發 行 人／蔡　孟　甫
出 版 者／品冠文化出版社
社　　址／台北市北投區（石牌）致遠一路2段12巷1號
電　　話／(02) 28233123・28236031・28236033
傳　　真／(02) 28272069
郵政劃撥／19346241
E－mail／dah-jaan @ms 9.tisnet.net.tw
登 記 證／北市建一字第227242號
區域經銷／千淞圖書有限公司
地　　址／三重市中興北街186號5樓
電　　話／(02)29999958
承 印 者／國順文具印刷行
裝　　訂／源太裝訂實業有限公司
排 版 者／千兵企業有限公司
初版1刷／2002年（民91年）3月

~~定　價／300元~~
特　價／230元